Richard Kovacevic

Die Frage im Raum

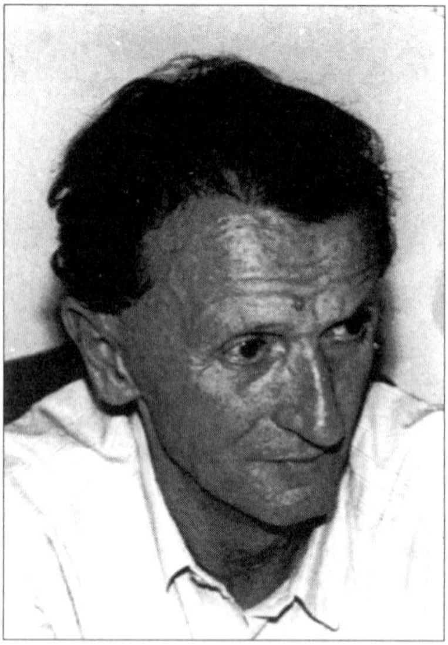

Richard Kovacevic

Die Frage im Raum

und andere Merkwürdigkeiten

LYNKEUS
VERLAG

Verlag LYNKEUS

Herausgeber
Emmerich Kolovic

Grafik
Ilse Kovacevic
Abbildungen
Einband und Seiten 7, 31, 53, 77, 95, 109, 135, 155, 175:
Holzschnitte aus dem Zyklus
Traun-Traum-Fundstücke

Einband- u. Innengestaltung
Ekke Wolf, typic.at

Druck
Strauss GmbH
D-69509 Mörlenbach

2010, Wien

ISBN 978-3-900924-09-6

Inhalt

Über unbedeutende Personen

Von ungewöhnlichen Begebenheiten

Aus unreflektierten Kritiken

Über unbedeutende **Personen**

Wer sich wichtig nimmt, macht sich lächerlich. Wer aber aufhört, sich wichtig zu nehmen, ist in seiner Existenz bedroht.

Die Kunstbeflissene

Gusti N., Tochter eines niederösterreichischen Lehrers, war in einer Atmosphäre aufgewachsen, in der man fortgesetzt darauf bedacht gewesen war, Adalbert Stifters theoretische Schriften über Familie und Pädagogik in die Tat umzusetzen. Versuche in Lyrik, Musik und Malerei hatten sie durch Kindheit und Jugend begleitet, und noch im hohen Alter dilettierte sie in den verschiedensten Sparten des Kunsthandwerks.

Gäste in ihrer überladenen und mit Erinnerungen vollgepfropften Wohnung wurden stets mit der größten Selbstverständlichkeit dazu animiert, Raimundsche oder Nestroysche Stücke mit verteilten Rollen zu lesen.

Die Theaterbesessenheit war vielleicht überhaupt das deutlichste Relikt ihrer Erscheinung. Jahrzehntelang war sie gleichzeitig an drei verschiedenen Bühnen abonniert. Zufolge ihrer idealistischen Weltanschauung, welche jede künstlerische Betätigung außerhalb aller irdischen Kriterien stellte, begeisterten sie sämtliche Programme der drei Bühnen gleichermaßen.

Auch theatralische Experimente fanden ihr uneingeschränktes Interesse. Nur bei allzu naturalistischen Darstellungen verweigerte der Körper dem Intellekt gewissermaßen die Gefolgschaft; sie wurde dann – ein in diesem Zusammenhang sehr selten auftretendes Phänomen – von gastritisähnlichen Zuständen befallen, denen sie unmittelbar nach Schluss der Vorstellung durch Nahrungszufuhr begegnen musste, um eventuellen ärgeren Schäden innerhalb des Magen-Darm-Trakts vorzubeugen.

Erwähnenswert in diesem Zusammenhang sind zweifellos die Essensgewohnheiten der Gusti N. Es gab keinen Besucher, der von der Reihenfolge der Gänge nicht überrascht gewesen wäre. Man wusste bei ihr nie, wo man sich innerhalb der Speisenfolge befand und wie weit man noch bis zum Ende derselben hatte. Gab es zum Beispiel Schweinsbraten mit Kraut und Knödel, so war man nach seiner Konsumation außerordentlich überrascht von der Entdeckung, dass man es hier bloß mit einer Vorspeise zu tun gehabt hatte; es konnte nämlich durchaus eine Portion Karfiol mit Bröseln folgen, und wenn nach dieser nachgezogenen Vorspeise warmer Topfenstrudel aufgetragen wurde, so handelte es sich bei diesem nicht um die erwartete Nachspeise, sondern um die etwas ausgefallene Vorbereitung der Geschmacksnerven auf die folgende gepfefferte Eierspeise, der ganz überraschend eine Portion Pommes frites nachserviert wurde, ehe ein Teller Gemüsesuppe den tatsächlichen Abschluss dieses turbulenten Abendessens bildete.

Und alle diese Gänge, in welcher Reihenfolge auch immer, wurden von Gusti N. als »Bauernschmaus« bezeichnet, wodurch sie deutlich abgegrenzt wurden von Kuchen und Käse, welche nach dem Essen gereicht wurden und nicht zur eigentlichen Mahlzeit zählten.

Gusti N. hatte die Fähigkeit, sich grundsätzlich für alles zu interessieren, was ihr begegnete. Dabei schien sie aber von Natur aus mit einer Filterung versehen zu sein, die, was von den Sinnen aufgenommen wurde, auf dem Weg zum Gehirn sondierte und auf die lebenswichtigen Elemente reduzierte, sodass die Besitzerin dieser komplizierten Apparatur letzten Endes nur goutierte, was für ihren geistigen Fortbestand von tatsächlicher Wichtigkeit war.

Fernsehen zum Beispiel erledigte sie wie eine ungeliebte Pflicht. Es waren nur wenige Sendungen, denen sie regelmäßig eine Ausstrahlung erlaubte. Hatte sie den Knopf gedrückt, so wartete sie mit deutlicher Ungeduld das Ende der Sendung ab, um den Apparat wieder abstellen zu können, wobei sie mit bemerkenswerter Regelmäßigkeit ihre Gefühle mit den Worten: »Jetzt kann man endlich wieder atmen ...!« ausdrückte und diese Äußerung mit einem derartigen Seufzer begleitete, dass man den Eindruck hatte, sie habe tatsächlich während des Fernsehens ihre Atemtätigkeit unterbrochen oder für diese Zeitspanne zu einer anderen Form der Respiration, etwa durch die Hautoberfläche oder mit Hilfe von Kiemen, Zuflucht genommen und sei nun über alle Maßen froh, ihre Lungen wieder auf die für den Menschen typische Art mit Luft versorgen zu können.

Ihre schadhafte Beziehung zur technischen Wiedergabe kultureller Phänomene äußerte sich auch in den sehr seltenen Versuchen, durch das »An die Wand werfen« von Diapositiven vergangene Reiseeindrücke wieder aufleben zu lassen. Bereits die Inbetriebnahme des Projektors erwies sich als ungemein langwieriges und die Geduld aller Beteiligten auf die Probe stellendes Unternehmen.

Die Motive der gezeigten Bilder waren durchwegs Ausgrabungsstätten, Kirchen, Museen, Plastiken, Gräber berühmter Persönlichkeiten und andere ähnliche Zeugnisse der Vergangenheit. Allein die emotionelle Gusti N. bewegte sich in ihren Begleittexten so willkürlich und sprunghaft durch dieses bildgewordene humanistische Gedankengut, dass es zu den überraschendsten Verwechslungen von Stilrichtungen und Kunstepochen kam, sodass die Vortragende zuletzt jegliche Übersicht verlor und dazu überging, persönliche Eindrücke und Episoden von ihren Reisen zu erzählen, die mit den gezeigten Bildern nicht das geringste zu tun hatten, wodurch eine ungemeine Aufmerksamkeit erforderlich war, um Ton und Bild nicht, wie sonst üblich, zu koordinieren, sondern auseinander zu halten.

Gusti N.s Gatte, ein Jurist im Staatsdienst, hatte ihr eine Bibliothek hinterlassen, die zwei Räume bis in den letzten Winkel füllte. Es waren Tausende von Bänden, und es wird nie mehr eruierbar sein, wie viele davon ihre Besitzerin tatsächlich gelesen hat. Überraschend war jedoch ihr immenses Wissen um die Topografie dieser Bücherwelt. Wovon auch jeweils die Rede war – von einer bestimmten Romanfigur, einer Gedichtstrophe, einem soeben angelaufenen Film oder einem vom Spielplan abgesetzten Theaterstück, von einer literarischen Neuentdeckung oder einem philosophischen Problem, einem politischen Traktat oder irgendeiner plötzlich aufgeworfenen Frage aus der Kulturgeschichte oder Philologie – Gusti N. hatte stets das passende »Buch zum Gespräch« bereit, so wie vor vielen Jahren unmittelbar nach der Verfilmung der biblischen Geschichte in New Yorks Buchläden die Bibel als »Buch zum Film« angepriesen wurde, und sie holte dieses ganz spezifische Buch mit einer geradezu somnambulen Sicherheit aus einem der zahlreichen Regale und drängte es dem Besucher, der durch Zufall darauf zu sprechen gekommen war, auf eine so eindringliche Art auf, dass dieser beim besten Willen die ihm gebotene Möglichkeit, sich zu bilden, nicht ausschlagen konnte, sodass es vorkommen konnte, dass jemand, der ganz harmlos ein Bonmot von Jean Paul zitiert hatte, sich plötzlich gezwungen sah, dessen dreiunddreißigbändiges, 1840 bei Riemer in Berlin herausgegebenes Gesamtwerk mit nach Hause zu schleppen.

Da es nun kaum Themen gab, zu denen nicht Einschlägiges, zumindest in Essay- oder Feuilletonform, vorhanden gewesen wäre, kann man sich vorstellen, mit welcher Vorsicht gewiefte Gäste ihre Konversation zu führen pflegten, um womöglich nur Themenkreise zu berühren, deren Sekundärliteratur das handliche und einfach zu transportierende Format von höchstens zwei- bis dreihundert Seiten nicht überschritt.

Als ein weiteres Beispiel für Gusti N.s impulsives Verhalten, das Gäste, Besucher oder Bekannte mitunter aufs höchste verwirrte, muss auch ihre abrupt und zu den unpassendsten Zeiten auftretende Faschingslaune erwähnt werden. Kenner ihrer schwer fassbaren Mentalität gerieten jedes Mal in Panik, wenn sie begann, von Gschnas, Redouten und Maskeraden zu schwärmen. Wer zu diesem Zeitpunkt auch nur im Entferntesten die

Möglichkeit hatte, seinen Besuch unter irgendeinem, wenn auch noch so fadenscheinigen Vorwand abzubrechen, ließ nichts unversucht, diese allerletzte Chance zu nützen.

Diejenigen, denen dies nicht gelang, wurden gleich darauf in liebenswürdigen Worten aufgefordert, sich in den Nebenräumen auf Raten umzukleiden, und zwar bekamen die Damen alte Balltoiletten Gusti N.s zugewiesen, die Herren alte Faschingskostüme ihres verstorbenen Gatten, und wenig später saßen sich alle, sehr zum Gaudium der Gastgeberin, im Wohnzimmer wieder gegenüber, mit erstarrtem Lächeln, in zu engen oder zu weiten Bekleidungen, deplaziert und infolgedessen total verunsichert. Natürlich wirkten sich diese Zustände auch auf die Konversation aus; diese wurde immer schütterer und endete schließlich in verlegenem Schweigen, das nun wieder Gusti N. veranlasste, die Initiative zu ergreifen und eine Fülle von Faschingserlebnissen zum Besten zu geben, die bloß den Nachteil hatten, dass sie von Personen und Örtlichkeiten handelten, die keiner der Zuhörer je gesehen oder gekannt hatte, sodass das Ganze in einem völlig einseitigen Monolog der Gastgeberin endete.

Immer schon hatte Gusti N. ihre Umwelt durch ihre apodiktischen Urteile überrascht; aber mit zunehmenden Alter lieferte sie in dieser Hinsicht wahrhaft Außergewöhnliches.

So begann sie zum Beispiel mit den Jahren an einer gewissen Ungeschicklichkeit ihrer Hände zu leiden. Es handelte sich dabei keineswegs um eine Erkrankung, sondern um etwas, das fast jeder an sich feststellt, wenn er älter wird – dass er eben für diese oder jene Verrichtung länger braucht als gewohnt, weil die einzelnen Glieder den ihnen aus dem Gehirn zukommenden Impulsen nicht mehr so prompt gehorchen.

Gusti N. jedoch entwickelte eine sehr persönliche Methode, solche Abnützungserscheinungen, wenn man es so nennen kann, zu erklären. Kam es zum Beispiel vor, dass ihr Dinge zu Boden fielen, so erblickte sie darin ein Phänomen der Erdanziehungskraft. Sie war davon überzeugt, dass sich die Gravitation in den letzten Jahren aus ihr nicht bekannten Gründen derart verändert habe, dass ihr gewisse Gegenstände dadurch geradezu entrissen wurden, die sie früher ohne Schwierigkeiten in den Händen hatte halten können. Sie tippte dabei auf Veränderungen der Umwelt, die sich, wie sie meinte, nicht nur, wie bewiesen, auf die Atmosphäre, sondern genauso gut auf das Funktionieren des Gravitationsgesetzes auswirken könnten.

Dabei blieb sie auch, als sie eines Abends, an einem Stück ausgezogenem Apfelstrudel kauend, zum Schrecken ihrer Gäste, vom Stuhl sank und mehrere Minuten lang ohne Bewusstsein blieb. Ihr Arzt, der sie seit mehreren Jahrzehnten kannte und von dem sie behauptete, er habe ihr während ihrer Witwenschaft mehrere Heiratsanträge gemacht, ließ sie bei ihrem Glauben, dass sie organisch gesund und nur das hohe Alter der Grund für solche Zustände war, die sich naturgemäß wiederholten, bis eines Abends die vorhin beschriebene Ohnmacht fast unmerklich in den Exitus überging.

Begraben wurde Gusti N. an einem wolkenlosen Nachmittag auf dem Dornbacher Friedhof an der Seite ihres Gatten. Die Temperatur im Schatten betrug zweiundzwanzig Grad plus. An einem Tag wie diesem hätte Gusti N. zu Lebzeiten gesagt, sie fühle sich so leicht und schwerelos, als könne sie fliegen.

Der Dirigent

Als die »musikalische Szene« im Wiener Prater noch nicht von Pop-Rhythmen beherrscht wurde, erfreuten sich die Besucher vorwiegend an Wiener Liedern, Operettenmelodien oder Ouvertüren zu bekannten Opern. Man summte mit und hatte damit Gelegenheit, eine gewisse musikalische Bildung auch nach außen hin zu zeigen. Aber nicht in allen Praterlokalen gab es »lebende« Musik. In den meisten Restaurants und Wirtshäusern wurden bloß Schallplatten abgespielt und über Lautsprecher, die in den Bäumen der Gastgärten hingen, dem dort hockenden Publikum zu Gehör gebracht.

In solchen Lokalen nun verkehrte einige Jahre hindurch ein älterer Mann, den alle, die ihn auch nur einigermaßen kannten, Arturo nannten, ohne dass jemand hätte sagen können, ob er tatsächlich so hieß. Obwohl er sich großer Beliebtheit erfreute, verkehrte er mit den Gästen nur per distance. Betrat er an lauen Sommerabenden die Gastgärten, so war ihm ein Anfangsapplaus sicher.

Stets war er tadellos gekleidet, und zwar so, als befände er sich nicht in einem volkstümlichen Vergnügungslokal, sondern vielmehr in einer außerordentlich seriösen Abendgesellschaft; die schwarzen Schuhe immer auf Hochglanz poliert, und nie ohne Krawatte und Manschettenknöpfe. Er machte jedes Mal den Eindruck eines Mannes, der den im Annoncenteil einer Zeitung unter dem beliebten Kennwort »Vorkriegscharakter« inserierten Heiratswünschen entsprach, ganz egal, welche kriegerischen Ereignisse da nun eigentlich als Zäsur dienen mochten.

Adäquat diesen Äußerlichkeiten benahm sich Arturo bei all seinen Auftritten in der Öffentlichkeit äußerst ruhig und gelassen, als erfülle er mit jeder seiner Bewegungen ganz bestimmte, nur ihm bekannte Pflichten.

Zwei Requisiten waren mit dem Erscheinen Arturos untrennbar verbunden: eine hölzerne, würfelförmige Kiste von etwa einem halben Meter Seitenlänge, und ein Dirigentenstab. Die Kiste platzierte er mit dem Ernst eines ein geheimnisvolles Ritual zelebrierenden Medizinmannes unter einen der Bäume, dann bestieg er sie, hob seinen Taktstock – und begann zu der gerade aus den Lautsprechern erklingenden Melodie zu dirigieren.

Von Seiten jener, die Arturo zum ersten Mal sahen, mochte in diesem Stadium des Geschehens Gelächter aufkommen; Gelächter allerdings, das schon in den nächsten Minuten erstarb.

Arturos erste taktierende Bewegungen bewiesen nämlich jedem, auch einem musikalischen Laien, dass er es hier mit einem Meister seines Faches zu tun hatte. Dieser Mann führte sein imaginäres, durch Raum und Zeit so unendlich weit von ihm getrenntes Orchester mit einer verblüffenden Souveränität; seine rechte Hand arbeitete perfekt, während er mit der linken, ganz wie die größten Vorbilder, die Einsätze gab, die Veränderungen der Tonstärke anzeigte und den verschiedenen Klangkörpern des Orchesters ihre ebenso verschiedenen Aufgaben zuteilte.

Er dirigierte, als habe er die Partituren der Stücke, die gerade gespielt wurden, unmittelbar vor sich, ohne allerdings von ihnen abhängig zu sein. Dazu kam eine Vertrautheit mit der Rhythmik, die enorme Sensibilität verriet.

Dass er darüber hinaus auch mit dem Repertoire keinerlei Schwierigkeiten hatte und jede einzelne Nummer leitete, als habe er sie kurz vorher in schwerster Arbeit erprobt, sei nur am Rande und der Vollständigkeit wegen erwähnt.

Selbstverständlich gab es nach jedem Auftritt lautstarken Beifall. Die Leute riefen seinen Namen und schwankten deutlich zwischen ehrlicher Bewunderung und jener vergnügten und etwas überheblichen Stimmung, die ein derart sonderbarer Auftritt zweifellos wachrufen musste.

Arturo aber nahm diese gemischten Reaktionen gleichmütig zur Kenntnis. Er verbeugte sich korrekt, wartete, bis eine neue Platte aufgelegt wurde und die ersten Takte durch die Lautsprecher erklangen – und war schon mit seinen ersten Bewegungen so sehr Herr der Situation, dass alle Geräusche aus dem Publikum verstummten und jene gespannte Aufmerksamkeit eintrat, die man ansonsten nur bei den Darbietungen versierter Dirigenten bemerken kann.

Eines Tages verschwand Arturo so unauffällig aus den Praterlokalen, wie er dort aufgetaucht war. Und erst jetzt, nach seinem Abgang, fanden sich Neugierige, die Näheres über ihn wissen wollten.

Aber nicht einmal sein wirklicher Name war eindeutig zu eruieren und auch sonst konnte nicht viel mehr als das unvollständige Skelett einer Persönlichkeit zusammengetragen werden.

Der Mann, den alle nur mit dem Vornamen des berühmten Dirigenten Toscanini kannten, dürfte in seinen jungen Jahren Musik studiert und sich dabei für die Dirigentenausbildung interessiert haben. Der Tod des Vaters und materielle Nöte zwangen ihn, das Studium abzubrechen und das Geschäft seines Vaters, eine Fleischhauerei, zu übernehmen. Was aber blieb, war seine Besessenheit für das einmal erwählte Metier; neben seinem ganz und gar unmusischen Alltag setzte er die Dirigenten-Ausbildung quasi autodidaktisch fort. Er lernte und vervollkommnete sich bis ins hohe Alter.

Nun endlich hatte er Zeit, seinem oben erwähnten Drang nachzugeben, wenn auch auf eine Weise, die zweifellos ans Lächerliche grenzte. Aber das irritierte ihn nicht im Geringsten, und so bewies er auf seine Art, dass es, entgegen einer sehr weit verbreiteten Meinung, durchaus möglich ist, die Träume seiner Jugend aus der Tristesse des täglichen Lebens zu retten und zumindest bis zu einem gewissen Grade zu realisieren.

Der Klavierspieler

Die Einladung meines Arbeitskollegen, ihn und seine Frau einmal zu Hause zu besuchen, nahm ich gerne an. Schon aus Neugierde, wie so ein Siedlungshaus, für das die beiden jahrelang geschuftet und gespart hatten, aussieht.

Dort saßen wir dann gemütlich beisammen, in einer glasgedeckten, geheizten Veranda und blickten hinaus auf die Schrebergärten, die sich von der Siedlung bis zur nahen Bahnlinie hinzogen.

Die Frau des Hauses füllte unsere Teetassen und wir genossen jenes angenehme Gefühl, das sich immer dann einstellt, wenn man schlechtes Wetter aus einer sicheren Geborgenheit heraus betrachtet.

Plötzlich waren aus dem Nebenzimmer Geräusche eines Klaviers zu vernehmen. Zwar ganz leise, aber das Dargebotene hatte nichts mit Musik zu tun. Ich hatte den Eindruck, als ob eine Katze mutwillig auf der Klaviertastatur herumspringe, denn es war weder eine Melodie herauszuhören, noch eine Folge von Tönen. Manchmal erfolgten so seltsame scharrende Pausen, als sei die Katze abgerutscht und mit ihren Pfoten ins Leere geglitten.

Meine Gastgeber merkten bald, dass sich meine Aufmerksamkeit mehr den fremdartigen Geräuschen zuwandte, und auf meine Frage, durch was diese verursacht werden, bekam ich von der Frau meines Arbeitskollegen zur Antwort, dass es sich um ihren Vater handle, der gerade Klavier spiele, und zwar jeden Nachmittag ein oder zwei Stündchen.

Unsere Unterhaltung hatte eine Pause gefunden und das schauerliche, musikunähnliche Geklimper ging weiter. Warum spielte der alte Herr nur, wenn er es nie erlernt hatte? War er vielleicht etwas verschroben, dass er sich einer solchen Beschäftigung hingab? Oder hatte er auf Grund seines dementen Zustandes ganz einfach nur eine kindische Freude beim Hinschlagen auf die Tasten?

Wie dem auch sein mochte, ich spürte, wie mich das klägliche Spiel allmählich zum Lachen reizte, und nur die Rücksicht auf meine Gastgeber hielt mich davon zurück, zumal ich merkte, dass ihnen die Sache außerordentlich peinlich war und sie nach Worten suchten, um mir dafür eine Erklärung geben zu können.

»Das ist nämlich so«, sagte schließlich mein Arbeitskollege, während er interessiert aus dem Fenster blickte, als gingen dort draußen große Veränderungen vor sich, »mein Schwiegervater war einmal ein guter, geübter Klavierspieler, und er spielt auch jetzt noch gern und gut. Nur sein eigenes Klavier konnte er bei der Übersiedlung zu uns hier nicht mitnehmen. Es war zu groß und zu schwer, um es in seinem jetzigen Zimmer unterzubringen. Also suchten wir für ihn einen kleineren Ersatz und fanden den alten Kasten dort drinnen. Die Hälfte der Tasten schlägt überhaupt nicht mehr an, andere wieder sind katastrophal verstimmt, der Resonanzkasten hat Sprünge und gibt keinen einzigen vernünftigen Ton mehr von sich – kurz, das Gerät ist so durcheinander, dass seine Reparatur nicht viel weniger als ein neues Klavier kosten würde. Wegen der hohen Ausgaben für unser Haus hat uns bisher das dafür nötige Geld gefehlt ...«

»Und jetzt spielt der alte Herr einfach auf so einem Vehikel?« fragte ich überrascht. »Ja stört ihn das gar nicht? Ich meine, er versteht doch etwas vom Klavierspiel ...«

»Nein«, erwiderte der Schwiegersohn, »ich glaube nicht, dass es ihn stört und er weiß auch gar nicht, auf welchem Wrack er spielt ... er ist nämlich taub und hört keinen Ton!«...

Der Maler

Vor dem Barockbau, in dessen prunkvollen Räumen sich einst der Prinz Eugen bewegte, und wo heute bedeutende Werke der Malerei von der klassizistischen Periode bis zu den Surrealisten dem Publikum zugänglich gemacht werden – vor diesem Museum also sitzt an sonnigen Tagen ein Mann, und zwar immer auf derselben Bank. Er trägt stets dasselbe blaue Sakko und nimmt stundenlang dieselbe Haltung ein, einen Fuß über den anderen geschlagen, den Blick auf den Museumseingang gerichtet, die Hände im Schoß verschränkt, wobei bloß das fortwährende Zucken der Finger etwas wie eine innere Erregung verrät.

In dem Augenblick, da mir sein Vorhandensein auffiel, wusste ich auch, dass ich diesen Mann auf dieser Bank schon oft gesehen, aber nicht richtig wahrgenommen hatte, so wie man mitunter Dinge des täglichen Lebens mit den Augen überfliegt, um sie, ohne sich mit ihnen gedanklich zu beschäftigen, ins unermessliche Magazin des Unterbewussten abzulagern. Und bei dieser Erkenntnis erwachte auch die Neugierde in mir, Näheres über diese Person zu erfahren.

Da ich es selbst nicht schätze, wenn ich in meinen Mußestunden von fremden Leuten angesprochen werde, die einfach die Ruhe nicht vertragen und deshalb auf die primitivste Art eine Unterhaltung suchen, kostete es mich einige Überwindung, bis ich eines Tages den Mut fand, mich mit der größten Selbstverständlichkeit neben den Mann auf die Bank zu setzen und irgendein banales Wort an ihn zu richten. Aber es ging leichter, als ich gedacht hatte; seine Reaktion war weder eine Einladung, noch eine Abweisung, seine Worte kamen mit interesseloser Freundlichkeit. Er stellte zwar keine Fragen, beantwortete aber immerhin die meinen.

Dabei fiel mir auf, dass er die ganze Zeit über, während wir miteinander redeten, nicht einen Augenblick lang aufhörte, den Museumseingang zu beobachten; er sprach mit mir, aber er würdigte mich keines Blickes, denn seine Augen waren auf eine Richtung fixiert.

Endlich vermochte ich mich nicht mehr zurückzuhalten. Nachdem ich über die verschiedensten Themen einige Worte mit ihm gewechselt und auf diese Weise gewissermaßen das Terrain sondiert hatte, ließ ich alle Skrupel beiseite und fragte den Mann geradeheraus, was ich eigentlich von ihm wissen wollte: warum er sich nämlich ausgerechnet diesen Platz ausgesucht hatte.

»Mir gefällt's hier«, antwortete er.

Darauf wusste ich nichts zu sagen. Aber als ich schon dachte, dass unser Gespräch damit zu Ende sei, sprach er weiter.

»Ich sehe mir die Gesichter an. Vorher und nachher.«

»Das verstehe ich nicht.«

Zum ersten Mal wandte er den Kopf und blickte mich an, als wolle er sich vergewissern, wie denn jemand aussehe, der so einfache Worte nicht versteht.

»Ich schaue mir«, repetierte er, »die Gesichter der Leute an, wenn sie in das Museum hineingehen, und wenn sie dann herauskommen, schaue ich sie mir wieder an. Natürlich nicht alle, sonst würde ich den Überblick verlieren. Aber im Verlauf eines Vormittags ergibt das doch so etwas wie einen repräsentativen Durchschnitt.«

»Aber warum? Warum tun Sie das?«

Er schaute wieder zum Museumseingang hinüber, und meine Frage schien ihn erst über zeitraubende Umwege zu erreichen.

»Die Leute«, sagte er schließlich, »gehen hinein und verbringen oft Stunden darin. Ob Sie etwas von Kunst verstehen oder nicht, auf jeden Fall stehen sie vor den Bildern, und da muss doch so was wie ein Austausch stattfinden, eine Impression, die eine Expression nach sich zieht. Bilder üben doch eine unmittelbare Wirkung aus; sie ergreifen, erschüttern, machen nachdenklich, begeistern, lösen irgendeine starke Emotion aus ...«

»Ah, und die Spuren dieser Wirkung suchen Sie in den Gesichtern abzulesen?«

»So ist es!« bekräftigte der Mann mit dem blauen Sakko. »Haben Sie schon einmal Gesichter von Kindern betrachtet, die vom Kasperltheater oder aus dem Zirkus kommen? Das ist es! Das meine ich. Wirkliche Empfindungen lassen sich nicht verstecken. Sie manifestieren sich und formen unsere Gesichter.«

»Und?«, fragte ich, »sehen Sie solche Veränderungen?«

»Nein«, antwortete er tonlos.

»Sind Sie deshalb traurig?«

»Ganz im Gegenteil! Die Wirkungslosigkeit bestätigt mir die Richtigkeit meines Entschlusses, mit der Malerei aufgehört zu haben.«

Der Nachbar

Wir wohnten beide im ersten Stock eines Altbauhauses aus den Zehnerjahren. Herr Möhrer, vom Stiegenaufgang aus links, ich rechts. Er auf Nummer 5, ich auf 6. Es war daher keine Seltenheit, wenn wir uns auf dem Gang oder auf der Stiege begegneten. Herr Möhrer war stets von gleich bleibender Freundlichkeit und von der Art, wie man sie von tüchtigen Verkäufern oder Handelsvertretern erwarten würde. Er soll aber von Beruf Zuckerbäcker gewesen sein, hörte ich einmal von irgendjemandem. Auf keinen Fall von Herrn Möhrer, denn meine Gespräche mit ihm beschränkten sich auf das, was man gemeinhin einen höflichen Wortwechsel nennt. Wir grüßten einander, tauschten ein paar Worte über das jeweilige Wetter aus, fragten einer den anderen, wie es ihm gehe und beantworteten diese Frage immer positiv, ohne den Wahrheitsgehalt dieser Auskunft überprüfen zu können.

An manchen Sonntagen empfing Herr Möhrer Besuch. Da herrschte auf Nummer 5 ein ununterbrochenes Kommen und Gehen, die Klingel schrillte in einem fort. Lautstarke Begrüßungen und Verabschiedungen, sowie der Geruch nach Mehlspeisen und Vanille erfüllte das gesamte Stockwerk. Wer diese Leute waren, konnte ich nie eruieren. Vermutlich Verwandte und Freunde.

Hin und wieder drang aus seiner Wohnung Radiomusik. Keine Schlager, eher Volksweisen. Was ich sonst noch über Herrn Möhrer erfuhr, stammte aus beiläufigen Gesprächen mit dem Schuhmacher in unserer Gasse, der Friseurin an der Ecke oder von der Hausmeisterin im schräg gegenüber liegenden Haus, die im Sommer, ungeachtet des Straßenlärms und der Autoabgase, auf ihrem Stockerl in der Haustornische zu hocken pflegte. Ich erfuhr, dass Herr Möhrer mit Vorliebe Saunabäder und Trabrennen besuchte, und auch gerne mit der Kassierin im nahe gelegenen Selbstbedienungsladen schäkerte.

Jahrelang lebten wir so »nebeneinander«, ohne uns auf irgendeine Weise näher zu kommen oder besser kennen zu lernen. Jeder von uns beiden wusste irgendetwas über den anderen, was für ein Nebeneinanderleben zu reichen schien, und ich empfand das damals als einen ganz normalen Zustand.

Nur so ist es zu verstehen, dass ich die Veränderungen, die von einem gewissen Zeitpunkt an mit Herrn Möhrer vor sich gingen, nur undeutlich und auf jeden Fall nicht in ihrer ganzen Tragweite wahrnahm. Es begann damit, dass er von nun an auch in der warmen Jahreszeit Hut und Schal trug. Keine Radiomusik drang mehr aus seiner Wohnung und in der Trafik, wo ich ihn einige Male traf, vermisste ich seinen Kauf von Rätselzeitschriften. Auch die Sonntagsbesuche bei ihm blieben aus. Eine Hauspartei vom zweiten Stockwerk erwähnte einmal im Friseurgeschäft, dass Herr Möhrer an einer ihr unbekannten Krankheit leide und beim Schuhmacher glaubte man zu wissen, dass ihm eine schwere Operation bevorstünde.

Eines Tages verschwand Herr Möhrer aus unserem Haus, niemand wusste so recht, wohin. Nur die Hausmeisterin von vis à vis, die von ihrem Stockerlsitz aus alles beobachten konnte, erzählte mir, dass er von einem Krankenwagen weggebracht worden ist. Aber das schon vor vielen Wochen. Und es vergingen noch einmal viele Wochen – niemand hat sie gezählt – bis eine Transportfirma auftauchte und die Wohnung ausräumte. Von nun an wartete sie auf einen neuen Mieter. Vergessen wurde auch das Namensschild auf der Eingangstüre abzumontieren. Ich sah es mir einmal aus der Nähe an. Und da stand nicht der Name Möhrer, sondern Wöhrer.

Die Einfältige

Eine Zeit lang war ich als Texter bei einer kleinen Werbefirma beschäftigt. Insgesamt waren wir zwölf Arbeitnehmer, darunter Frau Irma, eine Bürohilfskraft. Sie war gewissermaßen die Unscheinbarkeit in Person, bei der eine Eigenschaft alle anderen überschattete: Sie war nämlich ungewöhnlich gesprächig. Ich gewann den Eindruck, das pausenlos, durch ihre Fingerspitzen hervorgerufene Geklapper der Schreibmaschine müsste sich auf geheimnisvolle Weise auf ihr Mundwerk übertragen haben.

Frau Irma sprach unentwegt. Obwohl wir, die Kolleginnen und Kollegen ihr Publikum abgaben, waren die Wortkaskaden, die sie von sich gab, eher Monologe, in deren Verlauf Frau Irma quasi die Geschichte ihres Lebens bis in die alltäglichsten Einzelheiten preisgab, und zwar mit einer geradezu abnormalen, an Dummheit grenzenden Ehrlichkeit, die nichts beschönigte und selbst bei der kleinsten Anekdote durchblicken ließ, dass es sich hier um die pure Wahrheit handelte.

Aus all dem entstand für den Zuhörer das Porträt einer von den Freuden des Lebens sehr vernachlässigten Person, ein Lebenslauf, in dem die Niederlagen überwogen und selbst die spärlich gesäten Momente glücksähnlicher Anwandlungen niemals den Rahmen einer gewissen Bescheidenheit gesprengt hatten.

Schon in der Kindheit hatte Frau Irma unter der deutlichen Benachteiligung durch ihre Mutter zu leiden gehabt, da diese das zweite Kind, einen Sohn nämlich, dem Mädchen vorzog. Inwiefern diese frühe Degradierung für die weitere Entwicklung Irmas ausschlaggebend war, bleibt ungeklärt; auf jeden Fall gelang es ihr nicht, auch nur das geringste Selbstbewusstsein zu erlangen, vielmehr nahm ihre innere und äußere Unsicherheit mit den Jahren immer mehr überhand.

Von den wenigen Männern, die sie kennen lernte, wurde sie bloß in irgendeiner Form ausgenützt, wie es bei ihrem unglücklichen Charakter ja gar nicht anders sein konnte. Nicht anders erging es ihr im Berufsleben, wo sie jedes Mal in Positionen landete, die man gar nicht mehr als solche bezeichnen kann, da sie von niemandem angestrebt werden und konkurrenzlos denen verbleiben, die wie geschaffen dazu scheinen, von da nach dort und von dort nach da geschoben zu werden.

Frau Irma war schon etwas über vierzig, als sie heiratete, was natürlich unter uns allen die äußerste Verwunderung erregte. Ist eine Eheschließung in solchem Alter an und für sich schon etwas, das den Nichtbeteiligten mehr als einen Grund liefert, über das Wie und Warum intensiv nachzudenken. So bekam dieses Ereignis etwas Mirakelhaftes. Blieb man aber auf dem Boden der möglichen Tatsachen, so war anzunehmen, dass sie einfach gehofft hatte, ihre Situation in irgendeiner Weise zu verbessern. Dies ist ja zumeist der plausible Hintergrund aller großartig anmutenden Entschlüsse. Andererseits, wenn man Frau Irma näher kannte, fiel es ungemein schwer, in ihr einen Menschen zu sehen, der sich über das im Klaren ist, was er tut, und überhaupt imstande ist, eine gedankliche Überlegung auch in der Praxis umzusetzen.

Der Mann, den sie heiratete, hatte einen kleinen Handwerksbetrieb besessen und diesen mit immerhin so viel Gewinn verkauft, dass er davon, nebst seiner Selbständigenpension, einigermaßen sorglos leben konnte. Aber wenn es das gewesen sein sollte, was Frau Irma zur Heirat verleitet hatte, so ergaben sich alsbald Umstände, die das Ganze weitaus weniger rosig aussehen ließen.

Der Mann wurde nämlich krank, und was zuerst wie eine vorübergehende Unpässlichkeit ausgesehen hatte, entwickelte sich nach und nach zur ständigen Bettlägerigkeit. Um welche Krankheit es sich im Detail handelte, konnten wir nicht erfahren, weil Frau Irma, der es erwiesenermaßen auch nur an der geringsten Bildung ermangelte, außerstande war, uns in dieser Hinsicht nähere Einzelheiten mitzuteilen. Tatsache war, dass sich der Ärmste, der sich seinen Lebensabend sicherlich schöner vorgestellt hatte, in ärztlicher Behandlung befand, möglichst wenig Bewegung unternehmen durfte, und dafür um so mehr Medikamente konsumieren musste. Er war, nach Frau Irmas Aussagen, dementsprechend schlechter Laune, und zwar permanent, worunter in erster Linie, wie gewöhnlich, der nächste und vertrauteste Mensch, nämlich die Ehegattin, zu leiden hatte. Sie aber, in ihrem bisherigen Leben von nichts und niemandem verwöhnt, ertrug diese neuerlichen Attacken gegen ihre Gemütsruhe mit jener Geduld, die im Stillen jeder von ihr erwartete. Sie lamentierte nicht, gab trockene, wenn auch nichts sagende Auskünfte und bedurfte keiner Tröstung.

Aber mit der Zeit schienen die Sekkaturen durch ihren Mann selbst für Frau Irma unerträglich geworden zu sein. Man weiß ja, wie sehr kranke Menschen ihrer Umgebung manchmal zur Last fallen. Darüber hinaus dürfte es sich bei Frau Irmas Gatten um einen jener introvertierten Menschen gehandelt haben, die das körperliche Leiden durchaus nicht als seelische Prüfung auffassen, sondern, ihm ausgeliefert, in Kürze das Mindestmaß an Selbstbeherrschung verlieren.

Frau Irma jedenfalls, die wahrscheinlich nicht nur unter den Launen des Kranken, sondern auch unter Schlaflosigkeit zu leiden hatte, verfiel von Tag zu Tag, wirkte immer müder und kam bald wie der Schatten ihrer selbst daher.

Aber eines Morgens war sie plötzlich in einer außerordentlich hektischen Stimmung. Wir alle waren ja, wenn auch nur im Geheimen, davon überzeugt, dass es sich bei der Krankheit ihres Mannes im Grunde nur um eine Art potenzierter Hypochondrie gehandelt haben mochte, und so dachten wir im ersten Augenblick, Frau Irma habe sich nun endlich einmal »auf die Füße« gestellt, und ihrem zum Lebensgefährten im negativen Sinn herabgesunkenen Ehemann gründlich ihre Meinung gesagt, um sich so von dem auf ihr lastenden Druck zu befreien.

Was aber war tatsächlich geschehen?

Sie hatte ihm bloß, vor dem Weggehen, seine Medikamente versteckt und erwartete sich, nach eigenen Worten, von dieser Trotzreaktion nichts anderes als dass er sich auch einmal grün und blau ärgere. Also nichts weiter als eine kleinliche, etwas boshafte Reaktion einer über die Maßen gequälten Seele.

Natürlich hätten wir wissen müssen, dass eine Frau wie Irma einer größeren, heftigeren Emotion gar nicht fähig sein konnte.

Am nächsten Tag kam sie nicht in die Firma. Nach der Mittagspause erst sprach sich herum, dass sie angerufen hätte. Ihr Mann war plötzlich gestorben.

Aber schon nach zwei Tagen erschien sie wieder, nicht verhärmter als sonst. Beileidsbezeugungen, vor allem der Arbeitskolleginnen, nahm sie mit derselben Selbstverständlichkeit entgegen, wie sie gewohnt war, ihr ganzes Leben, an unerfreulichen Ereignissen weitaus reicher als an erfreulichen, kommentarlos hinzunehmen.

Mehr aus Höflichkeit denn aus Neugierde fragten wir sie nach der Todesursache. Sie konnte uns auch diese nicht richtig mitteilen, weil es ihr an der Fähigkeit mangelte, sich medizinische Ausdrücke zu merken. Nur so viel erzählte sie uns in ihrer Einfalt, dass sie noch vor dem Eintreffen des totenbeschauenden Arztes die versteckten Medikamente wieder auf ihren ursprünglichen Platz zurückgestellt hatte.

Der Stotterer

Im zarten Kindesalter war diese unangenehme Erscheinung kaum bemerkbar. Aber bald stellten die Eltern von Robert K. fest, dass ihr Sohn auch bei ganz einfachen Sätzen stotterte. Da sie wussten, wie schwer es ein Mensch mit dieser Art des Gebrechens im Leben haben würde, unternahmen sie alles Erdenkliche, um ihn zu heilen. Sie konsultierten mehrere Ärzte und so sehr sie sich alle Mühe gaben, konnten sie Robert von diesem Übel nicht befreien.

In der Schule wurde der Sprechfehler erst recht zur Last. Aber bald fiel auf, dass er nicht allen Menschen gegenüber stotterte. Die Unterhaltung mit seinen Geschwistern und den Schulkameraden bereitete ihm nicht die geringsten Schwierigkeiten. Kaum aber hatte er dem Lehrer oder gar dem Schuldirektor zu antworten, so versagte ihm die Sprache und er musste mehrere beschämende Versuche anstellen, ehe ihm das vollständige Wort aus dem Munde kam.

Trotz dieser Artikulierungsmängel machte er Fortschritte im Unterricht und schloss die Schule mit gutem Erfolg ab. Eine berufliche Ausbildung Roberts war vorerst nur in einem kaufmännischen Büro ohne Kundenkontakte möglich, da der Lehrherr den Sprechfehler aus Gutmütigkeit überhörte, während seine Frau daran Anstoß nahm und es bis zu seiner Entlassung trieb.

Es gab auch eine bekannte heilpädagogische Anstalt, in der Spezialisten arbeiteten und dort aus manchen

Stotterern Nicht-Stotterer machten. Robert K's Eltern brachten ihn dort unter und erhielten nach ein paar Tagen folgende Diagnose: Schuld an diesem Leiden ist ein Angstgefühl vor Personen, die ihm überlegen zu sein scheinen, wie zum Beispiel die Eltern, welches ihn hindert, seine Sprechwerkzeuge ordentlich zu gebrauchen. Erst wenn es ihm gelingen würde, seine unbegründete Verlegenheit abzulegen, wird er auch die Sprechhemmungen verlieren.

Nun wurde versucht, die psychologischen Hintergründe seines Zustandes aufzuschließen und Robert K. eingeschärft, dass selbst der höchste Vorgesetzte nicht so hochgestellt wäre, um in seiner Gegenwart die Fassung verlieren zu müssen.

Alle schöpften neue Hoffnung, denn auch Robert K. begann keine Angst mehr zu empfinden, wenn er an Menschen denken musste, deren bloßer Anblick ihn bisher zum Stottern gebracht hatte.

Eines Tages besuchte ein Inspektor der Gesundheitsbehörde die Anstalt, um verschiedene Kontrollen durchzuführen. Und an einem späten Nachmittag ließ der Direktor der Anstalt den Robert K. behandelnden Arzt zu sich rufen. An den Mienen des Arztes war zu erkennen, dass das nichts Gutes bedeutete. Neugierig geworden, schlich Robert K. dem Arzt bis zum Direktionszimmer nach und lauschte dann an der Tür. Da hörte er, wie sein Arzt auf belanglose Fragen des Direktors oder des ebenfalls anwesenden Inspektors bei seinen Antworten über mehrere Wörter stolperte. Der Arzt, der gewohnt war, seinen Patienten gegenüber immer deutlich und klar zu sprechen, blieb plötzlich an einem G und dann wieder an einem K hängen und stotterte nicht weniger als Robert K., wenn er mit ihm zu sprechen gezwungen war.

Der Direktor hingegen, der soeben mit dem Arzt noch in tadellosen Sätzen gesprochen hatte, verfing sich im Gestrüpp mehrsilbiger Wörter, wenn er mit dem Inspektor sprach. Robert K. belauschte noch einige Zeit dieses Dreier-Gespräch, aber es war kein Irrtum: Der Arzt stotterte, wenn er mit dem Direktor oder Inspektor sprach, und der Direktor, wenn er das Wort an den Inspektor richtete.

Leider hat Robert K. nie erfahren, ob vielleicht nicht auch der Inspektor stotterte, wenn dieser mit seinem Vorgesetzten sprechen musste.

Am nächsten Tag aber, als er von seinem Arzt befragt wurde, stotterte Robert K. noch ärger als am Tage seiner Aufnahme.

Der Zögling

Alle nannten ihn Joe, weil er ständig jene Hefte las, in denen todsicher Jimmys, Jacks oder Joes vorkamen. Er konnte das Gelesene auch gut nacherzählen und hatte sogar die sonderbare Begabung, die Geschichten auszuschmücken; sie wurden dadurch spannender. Die Buben saßen gerne um ihn herum, und je mehr es waren, desto großartiger legte er sich ins Zeug und fabulierte nur so drauf los. Joe wurde der Rabelais des Schundromans, sodass ihn manche Erzieher, wollten sie auf einen Tratsch gehen, mit ruhigem Gewissen in ihre Gruppe setzten und erzählen lassen konnten, ohne dass es jemals einen Wirbel gab.

Joe kam mit fünf Jahren in unser Erziehungsheim. Die Tanten, welche die Kleinen zu beaufsichtigen hatten, waren von ihm begeistert. Er hatte schwarze Locken und im Gesicht einen Teint, um den ihn jedes Mädchen beneidet hätte und dazu eine Art, alles, wie es ihm einfiel, einfach herauszusagen, sodass sich alle wunderten, woher er die Einfälle haben mochte. Aber für sein Alter hatte er schon eine Menge hinter sich, ein Heim nach dem anderen. Zuletzt war er in einem Kloster gewesen, wo es eine Schwester gab, die mit den Kindern oft in den Wald gegangen ist, um Blumen zu suchen. Statt sie zu pflücken wusste sie zu jeder Blume eine Geschichte zu erzählen. Vielleicht stammte daher seine Erzähl- und später auch Lesewut. Denn als er zur Schule ging und lesen lernte, hatte er es scharf auf jede gedruckte Zeile und konnte stundenlang in einem Buch, was immer es auch war, herumschnüffeln. Und was er gelesen hatte, behielt er auch. Ich weiß bis heute nicht, wie es ihm gelang, Lesestoff zu organisieren. Kaum wurde ihm das verbotene Heftedepot unter den Matratzen konfisziert, besorgte er sich von irgendwoher Nachschub.

»Warum liest Du denn diesen Dreck?« fragte ich ihn einmal.

»Weil ich alle Bücher, die hier sind, schon ausgelesen habe!«

Nachts aber fürchtete sich Joe vor den Geburten seiner Fantasie. Da entpuppte es sich, dass er doch nur ein kleiner Bub war und kein Held der Savanne oder des Chicagoer Pflasters. Er litt unter Angstträumen, und wenn er mit Schrecken erwachte, wusste er nicht immer, wo er sich befand. Die Furcht trieb ihn hinaus auf die nur schwach beleuchteten Gänge, wo ihn die Schatten noch mehr erschreckten und er laut zu schreien begann. Damit weckte er die anderen Buben, sodass es mit der Nachtruhe bald vorbei war. Meldungen darüber häuften sich beim Direktor. Der sah eine Weile zu, dann versetzte er Joe in eine andere Gruppe, zu den Dreizehnjährigen. Der dortige Erzieher aber nahm Joe nicht nur den Nipf, sondern machte ihn auf seine Art fertig. Er ließ ihm, wenn es Komplikationen gab, von den anderen im Schlafsaal die »Decke« geben, das heißt, er wurde anonym verprügelt.

Damals begann sich Joe zu verändern. Die Proportionen in seinem Gesicht verschoben sich, etwas Schiefes kam hinein. Wenn er mit einem sprach, blickte er auf irgendeinen Punkt an der Wand, und wenn man von ihm etwas wissen wollte, musste jedes Wort mühselig aus ihm herausgebaggert werden.

Vielleicht wäre alles noch gut ausgegangen, wenn das mit dem Zeichenkurs geklappt hätte. Doch der Direktor strich ihm nach drei Wochen den Besuch dieses Kurses, weil Joe plötzlich den Fimmel bekam, sich aus Holz Revolver und kurzläufige Gewehre zu schnitzen, die er dann den ganzen Tag mit sich herumtrug. Er wurde von den anderen gehänselt und ständig befragt, wen er eigentlich damit umbringen wollte. Doch Joe beteuerte stets, dass er sich damit nur wehren und niemanden zu töten beabsichtige.

Weil aber der Direktor kein Freund von Scherereien war, tat er alles, was in seiner Macht stand, um Joe loszuwerden. Das gelang ihm auch. Und so hörte ich nur mehr hin und wieder von Joes Lebensweg, wenn ehemalige Zöglinge, die jetzt mit ihm beisammen waren, zu Besuch kamen. Es ging ihm recht gut, hieß es, er finde sich halbwegs zurecht und spiele den zweiten Tormann in der Fußballmannschaft des neuen Heimes.

An einem Wochenende, als er Ausgang hatte und mit anderen das Heim verließ, soll es zu einem Streit gekommen sein, in dessen Verlauf Joe seinem Widersacher mit dem geschnitzten Messer in den Rücken stach. Die Verletzung war harmlos, aber Joe erschrak gewaltig, als er die Menge Blut sah. Er rannte, verrückt vor Angst, in die nächste Kirche, um zu beichten. Da aber kein Pfarrer da war, rannte er so lange weiter, bis er auf einen Polizisten stieß, dem er alles gestand.

Psychiatrierung, Jugendgericht und eine neue Erziehungsanstalt waren die nächsten Stationen. Ich bekam Besuchserlaubnis, aber es wurde eine wortkarge Stunde. Auch wollte ich ihm mit meinen Fragen nicht auf die Nerven gehen. Er glotzte die Wände an und wusste noch weniger zu reden als ich. Erst als die Besuchszeit um war, wich die Starre ein wenig von ihm und er fragte mich: »Bin ich jetzt ein Verbrecher?«

Eine Weile verharrte sein Gesicht in leerer Ausdruckslosigkeit. »Wissen Sie, ich möchte kein Mörder werden ...«

Ich erinnere mich nicht mehr, was ich darauf antwortete, sicherlich nichts Kluges.

Allmählich schien er diesen Vorfall zu vergessen, fand aber nur mehr schwer Kontakte zu den anderen Buben. Man ließ ihn in der Küche arbeiten, um ihn so auf beiläufige Art zu isolieren.

Vielleicht dachte man auch an eine Therapie, wenn er zum Erdäpfelschälen ein Messer in die Hand bekam. Immerhin führte er sich so gut auf, dass er in die landwirtschaftliche Abteilung versetzt wurde, wo er ein Jahr lang seine Energien damit verbrauchen konnte, um mit sich ins Reine zu kommen.

Mit vierzehn kam er aus der Anstalt, stand aber weiterhin unter Bewährungshilfe. Er wohnte und arbeitete bei Bauern, wo es ihm gut gefiel. Wenn Joe frei hatte, besuchte er mich manchmal und wir gingen gemeinsam auf einen Fußballplatz. Er las auch wieder und ich verschaffte ihm verschiedene Bücher. Einmal schrieb er mir, dass er sich einen Transistorradio kaufen wolle und ich ihm seinen ersparten Lohn, den er mir zur Aufbewahrung anvertraut hatte, zukommen lassen solle.

Der Einfachheit halber steckte ich die paar Geldscheine in einen eingeschriebenen Brief, der kurz darauf zurückkam, mit dem Vermerk: »Adressat verstorben«.

Zuerst vermutete ich einen Irrtum, denn sein Brief mit dem Radiowunsch war erst fünf Tage alt. Und von einer Krankheit konnte keine Rede sein. Nach und nach, infolge verschiedener Erkundigungen, erfuhr ich, was geschehen war. Joe hatte sich in dem Schuppen des Bauern, bei dem er in Arbeit stand, erhängt. Ein Psychopath, sagten die einen, ein labiler Charakter, die anderen. Manche wieder formulierten es so: ein typischer Fall von Schizophrenie infolge einer momentanen Depression, mit tragischem Ausgang. Ich aber vermute, dass er sich letzten Endes doch nur umgebracht hat, weil er Angst hatte, irgendwann einmal jemanden anderen umzubringen.

Das Kind

Wir saßen im Keller um den einzigen Tisch, tranken Kaffee und blickten ins Leere, weil wir einander nicht anschauen wollten. Wir hatten die ganze Nacht durchgearbeitet. Daher war auch die Stimmung entsprechend. Viel Zeit blieb nicht, für acht Uhr waren wieder Aufnahmen angesetzt.

Eine halbe Stunde vorher kam das kleine Mädchen, das wir von der Agentur angefordert hatten. Es ging um irgend ein neues Kindernahrungsmittel. Das Kind wurde von seiner Mutter begleitet und sah müde aus. Es hatte den Tag früh beginnen müssen. Die Mutter zupfte dauernd an ihr herum. Eine jener ehrgeizigen Hysterikerinnen, die sich wahrscheinlich schon während der Schwangerschaft danach sehnen, dass ihr Kind im Fernsehen zu sehen ist.

Die Kleine hieß Claudia. Scheinbar waren die Epidemien der ungezählten Barbaras, Romys und Brigitten abgeebbt.

»Setz dich schön hin«, befahl die Mutter, »du machst mich noch ganz nervös.«

Dann packte sie eine Serie von Standfotos aus. Die Kleine posierte darauf in verschiedenen Stellungen. Sie war erst sieben, aber in zehn Jahren werden die Posen sicher anders aussehen.

Die Kamera wurde vor der Kulisse aufgebaut und nachdem Claudia geschminkt war, setzten wir sie hinter ein Kindertischchen, schoben ihr den Löffel und den

Teller mit Brei hin und begannen mit den ersten Einstellungen. Sie hatte die Aufgabe, möglichst geziert Brei zu essen und nach jedem Löffel mit strahlendem Gesicht auszurufen: »Aaah, das schmeckt!«

Eigentlich war sie schon zu groß für ein Breiessen, aber es handelte sich um ein Erzeugnis, das angeblich auch für Kinder im Volksschulalter ungemein wichtig war.

Die Sache klappte gar nicht. Vielleicht waren wir einfach zu müde, oder Claudia war nicht in Form. Jedenfalls war sie schon mit dem Brei vollgestopft, würgte bei jedem Löffel und der Gesichtsausdruck wurde immer unbrauchbarer.

»Kleine Pause«, sagte der Aufnahmeleiter und ging nach hinten. Im Kühlschrank war noch Bier vom Vortag. Ich rauchte eine Zigarette. Claudia ging zu ihrer Mutter, die wild gestikulierend auf sie einredete.

Sobald der Kameramann wieder auftauchte, begannen wir von neuem. Die Kleine pampfte und pampfte. Der Film knisterte Meter für Meter monoton durch den Apparat. Dann war der Brei auf dem Teller nicht mehr fotogen genug. Der Aufnahmeleiter schrie nach einem neuem. Während die Assistentin draußen am alten Gasherd die gesunde Kinderspeise anrührte, saßen wir tatenlos herum und wurden allmählich kribbelig.

Endlich ging es weiter. Claudia rief zum zweiundzwanzigsten Mal: »Aaah, das schmeckt!« Aber der Brei dürfte zu dünn gewesen sein, etwas davon löste sich vom Löffel und bekleckerte Claudias Bluse. Das gab der Kleinen den Rest. Sie begann zu heulen und weinte so hemmungslos, wie nur Kinder in ihrer ärgsten Verzweiflung weinen können.

Ans Aufnehmen war nicht zu denken, denn mit Claudias Gesicht war im Augenblick nichts anzufangen. Ich ging zu ihr und streichelte ihr übers Haar.

»Mach dir nichts daraus. Geh ein bisschen an die frische Luft. Wir geben dir dann eine neue Bluse. Du wirst sehen, dann wird's klappen!«

Die Mutter stieß gereizt Claudias Hand, die nach ihr langte, von sich, riss grundlos und ungeduldig an der beschmutzten Bluse, zerrte an dem Rock – alles um ihren Ärger zu verbergen.

»Ich weiß nicht, was heute mit dir los ist, du bist ja sonst nicht so blöd!«

Oben war der schönste Tag. Lauwarme Luft – nicht so muffig wie unten in der Vorführkammer. Die vormittägliche Stille im Garten verlockte zum Verweilen auf einer der steinernen Bänke.

»So wirst du es nie zu etwas bringen!«

Die Stimme von Claudias Mutter erschreckte. Diese war schlimmer noch als ihr enttäuschtes Gesicht.

»Genieren muss man sich mit dir! Du benimmst dich wie eine Anfängerin!«

Und die Frau im maßgeschneiderten dunkelblauen Kostüm hackte weiter erbarmungslos auf das Mädchen ein.

»Schäm dich! Andere wären froh, wenn sie ins Fernsehen kämen! In einer Stunde sollen wir bei der Stellprobe für das Märchenspiel sein!«

»Eine scheußliche Person«, sagte der Kameramann,

der auch herauf gekommen war. »Sie will aus ihrer Tochter einen Star machen und ruiniert dabei die Kleine.«

»Ich möchte nicht in der Haut von der Mutter stecken«, gab ich meinen Senf dazu, »wenn das Mädel einmal groß ist, wird sie ihr das alles heimzahlen.«

Der Aufnahmeleiter rief zum Weitermachen. Claudia bekam eine neue Bluse. Das Gesicht wurde retuschiert, die Tränenspuren beseitigt. Nichts Kindliches war mehr darin zu sehen. Sie glich jetzt ihrer Mutter mit dem schmalen, verbissenen Mund.

»Wenn du jetzt wieder patzt«, drohte sie der Kleinen, »dann kannst du auch das Vorsingen beim Kinderchor heute Nachmittag vergessen!«

Während ich noch überlegte, wann das Mädchen eigentlich zur Schule geht, um Wesentlicheres zu lernen, klickte schon der Film durch die Verschlüsse und die Scheinwerfer richteten sich auf Claudias Gesicht.

Kurz darauf: »Aaah, das schmeckt!«

Die Großmutter

Wenn sie nicht unsere Großmutter wäre, wir würden schon Mittel und Wege finden, sie loszuwerden, zum Beispiel sie in ein Altersheim zu stecken. Ob sie es mit sich geschehen ließe, ist eine andere Frage, denn diese Frau von zweiundneunzig Jahren ist nur schwer zu ertragen.

Ihre Leidenschaft, gerne im Auto zu fahren, kostet uns jedwedes Freizeitvergnügen. Sie besteht darauf, an allen Wochenenden einen Ausflug in die »Natur« machen zu müssen. Und wenn sie dann im Fahrzeug sitzt, wird sie auf alle böse, die das gleiche tun: mit einer Flut von Schimpfworten, die zu ihrer Zeit sogar einen Bierkutscher hätte erröten lassen.

Wenn wir versuchen, ihr etwas auszureden, wird sie aufsässig und droht, sich bei der Fürsorge wegen Vernachlässigung zu beklagen.

Beim Fernsehen nickt sie jeden Abend ein, wacht irgendwann auf und besteht darauf, dass ihr sofort erzählt wird, was inzwischen auf dem Bildschirm geschehen ist. Dadurch werden wir alle abgelenkt und keiner bekommt mehr recht mit, was weiter geschieht oder was am Ende passiert. Großmutters Resümee ist dann immer, dass man sich zu ihrer Zeit so einen Blödsinn nicht zu spielen getraut hätte.

Am Schlimmsten ist es mit ihr, wenn wir Besuch haben. Bei solchen Anlässen schlüpft sie immer in ein halbdurchsichtiges Modellkleid mit violetten Spitzen und Rüschen, das sie vor fünfzig Jahren von einem Sodawasserfabrikanten bekommen hat, dem sie, obwohl schon Mutter von drei Kindern, während einer Faschingsnacht die Ehe versprochen hatte. Dieser hat angeblich, als er den wahren Sachverhalt erfuhr, seine Fabrik verschenkt, und ist, mit Blumen im Haar und schauerliche Moritaten von der Untreue der Frauen singend, durch die Welt gezogen.

Großmutter macht sich dann in ihrem pikanten Kleid unter den Besuchern breit und erzählt und erzählt und erzählt immer wieder die Geschichte, wie sie mit Großvater das erste Mal in die Stadt kam, aus Versehen in einem Stundenhotel übernachtete und sich morgens dann beim Portier wegen des Lärms in der Nacht beschwerte. Darüber lacht sie dann sehr lange.

Von Vitaminen hält sie gar nichts. Sie isst weder Gemüse, Salate, noch Obst. Wenn wir sie deswegen zur Rede stellen, murrt sie, sie sei ja vom Land in die Stadt gezogen, um endlich von dem vielen Grünzeug und den Erdäpfeln loszukommen. So ernährt sie sich von Fleisch und wieder Fleisch und macht ein unzufriedenes Gesicht, wenn zu wenig Fett daran ist, mault, dass man einer alten Frau gar nichts mehr vergönne.

Die Ärzte bescheinigen ihr, pumperlgesund zu sein. Als sie sich zur Schluckimpfung gegen Kinderlähmung begab, wiederholte sie diese ein paar Mal hintereinander, und zwar unter falschem Namen. Wegen des Würfelzuckers, der ihr besonders schmeckte. Dabei trinkt sie ihren schwarzen Kaffee mit viel Sud immer ohne Zucker.

Wenn sie ihre monatliche Rente bekommt, geht Großmutter zu den Pferdewetten. Sie spielt nach keinem System, überlässt aber auch nichts dem Zufall, vielmehr setzt sie nach Träumen, Geburtstagen oder Hausnummern. Meistens gewinnt sie. Nicht viel, aber immer ein bisschen mehr, als der Einsatz ausmacht. Damit kauft sie lange Herrenunterhosen, weil ihr Großvater im ersten Weltkrieg geschrieben hatte, er besäße nur eine einzige. Täglich zählt sie den Stoß Unterhosen und bügelt ihn zum x-ten Mal. Wenn sie dann mit großer Genugtuung ihre Sammlung betrachtet, singt sie »La Paloma«, Großvaters Lieblingslied und klappert dabei mit ihren falschen Zähnen.

Auch behauptet sie stock und steif, sie sei als Kind in einem von sechs Katzen gezogenen Schlitten zur Schule gezogen worden. Wer dies bezweifelt, erhält einen Faustschlag zwischen die Rippen.

»Aber die Katzen hatten doch silberne Schellen um den Hals und weinrote Pantöffelchen an den Füssen!«

Wer nimmt bitte diese Person auf Kost und Quartier? Irgendwo weit weg auf dem Lande ...

Der Lacher

Wenn ich mich in einer Parkanlage ausruhen will, suche ich meist nach einer menschenleeren Ecke und ebensolchen Bank, strecke auf dieser meine Beine aus, schließe die Augen und gebe mich genussvoll meinen Gedankenläufen hin. Der Duft von Blumen und Gehölzen stimuliert meine Sinne und bereitet mir manchmal ein kleines Nickerchen.

Von einem sonderbaren Laut mit Nebengeräuschen aufgeschreckt, blickte ich zu meiner Nachbarbank, auf der, während ich schlief, ein Mann Platz genommen und auf eigenartige Weise vor sich hin zu lachen begonnen hatte. Zwischendurch keuchte er kräftig, um dann wieder zu lachen, allerdings anders als vorhin. Aus seinem Gesicht war nichts Auffälliges abzulesen, sodass ich für mich zu rätseln begann, was oder wer diese Person wohl sein möge. Musikliebhaber? Handelsvertreter? Vegetarier? Buchhalter? Optimist? Alles oder auch nichts passte auf ihn, zumal auch aus seiner Bekleidung auf nichts zu schließen war.

Da er mit seinem Lachen nicht aufhörte, gab ich ein gut vernehmbares Hüsteln von mir, sodass er seinen Kopf in meine Richtung drehen musste.

»Entschuldigen Sie«, sagte ich, »es geht mich natürlich nichts an, aber wenn man so dasitzt und Sie lachen hört ...«

»Ah, Sie haben es bemerkt?« Und nach einer kleinen Pause: »Wissen Sie, ich übe ...«

»Sie üben?«

»Ja, ich übe!«

Ich blickte verständnislos zu meinem Nachbarn hinüber.

»Ich lebe vom Lachen«, fuhr er fort, »ich bin ein Lacher. Und von Zeit zu Zeit muss ich das auch üben. Sie gehen doch sicher manchmal ins Theater oder ins Kabarett. In Komödien wollen die Leute doch lachen. Aber viele dieser angeblich so lustigen Stücke sind gar nicht zum Lachen, im Gegenteil, man möchte oft weinen, wenn man das Dargebotene sieht!«

»Da haben Sie leider Recht«, pflichtete ich ihm bei, »darum gehe ich auch selten hin.«

»Sehen Sie, das wissen auch die Theaterdirektoren. Darum versuchen sie diese Aufführung so zu gestalten, dass es sich im Publikum und auch bei der Presse herumspricht, wie lustig und daher unterhaltsam diese sei. Also muss ein Lacher her, der zumindest ein paar Zuschauer zum Mitlachen animiert und diese dann die anderen mitreißen.«

»Also ein so genannter Claqueur?«

»Nein, nein, das ist ein Beifallsklatscher und Bravorufer, der von Darstellern oder Sängern engagiert wird, um die Leistung und damit den Erfolg der einzelnen Mitwirkenden hochzupuschen. Nein, ich gehöre zum Ensemble, unterstehe quasi dem Regisseur, dessen Anweisungen ich genau zu befolgen habe, wie einer, der eine Rolle spielt. Nur stehe ich weder auf dem Programmzettel, noch werde ich zur Premierenfeier eingeladen. Dafür muss ich bei jeder Probe dabei sein und mir genau jene Stellen einstudieren, wo ich zu lachen habe ...«

»Und ohne je einer Kritik, beziehungsweise Rezension ausgesetzt zu sein«, ergänzte ich die Ausführungen des Lachers, der jetzt in Schwung gekommen war und sich seinen Beruf – oder war es eine Berufung? – von der »Seele« reden wollte.

»Ich habe schon immer gut lachen können. Wenn ich in einer Gesellschaft war und lachte, mussten immer alle mitlachen. Einmal hat mich ein Theaterdirektor gehört und vom Fleck weg engagiert. Jetzt arbeite ich schon in drei Theatern und einigen Kabaretts und lache, obwohl mir, seit ich ein Lacher bin, gar nicht mehr nach Lachen zumute ist! So ein Beruf kann auch abstumpfen. Da wird dann jede Vorstellung zur Qual. Neulich bin ich in so einem Stück, also in einem Lustspiel, eingeschlafen. Als ich erwachte und vor Schreck sofort in ein Gelächter ausbrach, verbeugten sich gerade die Darsteller vor dem Vorhang. Alle glaubten nun, ich verlache die Schauspieler ob ihrer schwachen Leistung und ich hätte beinahe meine Stelle verloren. Sehen Sie, solchen Gefahren ist man als Lacher jeden Tag ausgesetzt!«

Der Lacher schien nach Anteilnahme oder Mitleid zu heischen, denn er beklagte sich auch darüber, dass ihm das tägliche Lachen jeden persönlichen Humor genommen hat und er bei Belustigungen, oder wenn jemand Witze erzählt, vollkommen unempfindlich geworden sei.

»Früher habe ich noch wirklich lachen können, jetzt muss ich es üben. Schließlich gibt es ja auch verschiedene Arten des Lachens, die ich alle beherrschen sollte. Es gibt ein grobes Lachen im tiefen Bass, ein dünnes, intelligentes Lachen und manchmal muss ich einfach wiehern wie ein Pferd. Tja, ein Lacher hat hart zu arbeiten! Viel lieber wäre ich ein Beleuchter oder Requisiteur geworden ...«

Dann blickte er auf seine Armbanduhr, sprang auf und entschuldigte sich damit, dass er jetzt zu seinem Auftritt, obwohl es eine Sitzung war, eilen musste. Ein paar Sekunden später hörte ich gerade noch ein paar Töne seines tiefen, kräftigen Lachens, über das dann auch ich lachen musste.

Der Amtsgehilfe

Als der Hofrat eines Bundesamtes schon vor Erreichung der Altersgrenze, also früher als erwartet, in Pension ging, rätselten die Beamten aller Dienstklassen seiner Abteilung über die möglichen Gründe und vor allem Hintergründe seines plötzlichen Entschlusses. Er hatte nämlich stets beteuert, dass es für ihn überhaupt nicht in Frage käme, auch nur einen Tag früher als unbedingt notwendig, aus dem Amt zu scheiden. Und wer ihn nur einigermaßen kannte, wusste, dass diese Worte durchaus ernst zu nehmen waren.

So traf es alle wie ein Schlag, als er letzten Endes seinen Dienstposten zum erstbesten ihm möglichen Termin zur Verfügung stellte. Dass aber ausgerechnet der in der untersten Dienstklasse tätige Amtsgehilfe Kallinger an dem frühzeitigen Abschied des Hofrates in gewissem Sinne schuld sein sollte, war anfangs nur ein Gerücht, das niemand recht ernst nehmen wollte, bis sich der wahre Sachverhalt dann doch herausstellte.

Einmal in der Woche pflegte der Hofrat seine Untergebenen aufzusuchen, um ihnen quasi en passant eine Frage zu stellen. Verständlich, dass er sein erworbenes Allgemeinwissen nicht nur immerzu wie eine tote Last mit sich herumtragen wollte. Verständlich auch, dass in ihm das Bedürfnis entstehen musste, etwas mit diesem Wissen anzufangen, es mit seiner realen Umwelt in Beziehung zu setzen. Und da nun einmal das Amtsgebäude seine eigentliche Umwelt repräsentierte, ergab es sich wie von selbst, dass er in diesen Räumlichkeiten mit seinem ganzen Wissensreichtum paradierte.

Auf diesen »Bildungsexkursionen« überfiel der Hofrat seine Beamten stets mit Fragen, die man zumindest dem mittleren Schwierigkeitsgrad zurechnen musste. Er legte es von vornherein so an, dass es zu keiner richtigen Antwort kommen konnte, sodass es stets an ihm lag, in belehrendem Ton seine Überlegenheit zu beweisen.

Wer weiß denn schon auf Anhieb, dass ausgerechnet Heimdall jener nordische Gott ist, der einst den Bifröst genannten Steg zwischen Himmel und Erde bewachte und außerdem noch die äußerst wichtige Aufgabe hatte, mit seinem Horn die Asen zum letzten Kampf zu rufen. Wer, so fragt man sich weiters zu Recht, erkennt unvorbereitet in Julklapp einen alten Weihnachtsbrauch, der auf die Schwedenzeit in Deutschland zurückgeht und ausgerechnet über Rügen nach Norddeutschland eingesickert ist.

Diese beiden Beispiele mögen genügen, um anzudeuten, auf welche Art der Hofrat vorging und auf welchem Niveau sich die Bildungsansprüche bewegten, die er an seine Untergebenen stellte. Es ist müßig, zu erwähnen, dass sich das Interesse der Beamtenschaft an diesem »Quizspiel« in Grenzen hielt, ihn sogar unbeliebt machten und viele froh waren, dass er in Pension ging.

Anfangs gab es einige, die sich eifrigst bemühten, die Fragen ihres Vorgesetzten zu beantworten und dabei soweit gingen, in ihrer Freizeit dazu zu lernen; als es sich aber, wie es bei der weiten Streuung der Wissensgebiete nicht anders zu erwarten war, herausstellte, dass auch das keine Methode war, den Fragenden zufrieden zu stellen, gaben sie es auf und ließen fortan die Besuche mit höflicher Lethargie über sich ergehen. Andere wieder hatten sich zuerst wegen der Überheblichkeit, die der Hofrat nicht ganz unterdrücken konnte, geärgert, aber selbst diese Gefühlsaufwallung wich sehr bald einer völligen Gleichgültigkeit.

Eines Tages war der Hofrat wieder einmal in seinem selbstauferlegten Auftrag unterwegs. Zur selben Zeit trug der Amtsgehilfe Kallinger die Post durch das Haus und verteilte sie an die verschiedenen Referate. Unter anderen betrat er auch das Referat F bis K und legte die Post am Schreibtisch des zuständigen Leiters ab und wandte sich wieder der Tür zu. Zufällig stand gerade der Hofrat vor diesem Schreibtisch und blickte auf den dort amtierenden Beamten nieder. Und bevor sich Kallinger noch anschickte, den Raum wieder zu verlassen, hörte er, wie der Hofrat wissen wollte, was man unter dem Ausdruck Bodmerei versteht.

Ohne abzuwarten, was der Referatsleiter auf diese Frage antwortete, verschwand Kallinger aus dem Zimmer, von den dort Anwesenden kaum wahrgenommen. Nun kann niemand sagen, was damals in Kallingers Gehirn vor sich ging, ja vielleicht legte er sich selbst keinerlei Rechenschaft ab über das, was er nun unternahm. Mag sein, dass er einer inneren Eingebung folgte, mag auch sein, dass ihn plötzlich die Bedeutung des Wortes Bodmerei tatsächlich brennend interessierte – auf jeden Fall eilte er in sein Dienstzimmer und griff nach dem dort aufbewahrten amtseigenen Lexikon. In seiner

Selbstvergessenheit tat der Amtsgehilfe noch ein weiteres: er setzte sich an seine uralte Schreibmaschine und tippte alles Wort für Wort ab.

Diese außeramtliche Aktennotiz lag noch auf dem Tisch, als eine Stunde später der Hofrat eintrat. Kallinger sollte sein letztes Opfer an diesem Vormittag sein, denn es war bereits halb zwölf und die Mittagspause zum Greifen nahe. Der Hofrat stellte – vielleicht nur pro forma – ein paar dienstliche Fragen, die ganz und gar belanglos waren. Dann, als er sich schon der Tür zuwandte, sagte er ganz beiläufig: »Sie wissen sicher auch nicht, was man unter dem Ausdruck Bodmerei versteht.«

Kallinger musste nur ein wenig den Kopf verdrehen, um die Buchstaben auf dem vor ihm liegenden Papier lesen zu können. Seine Antwort kam ein wenig stockend, fast verlegen, gerade so, als ob er sich erst langsam an den Wortlaut, der die Frage beantwortete, erinnern müsse.

»Unter Bodmerei ... äh ... versteht man ... äh ... im Seehandelsrecht die Darlehensgewährung ... äh ... an einen Schiffer zur Finanzierung einer Reise ... äh ... gegen Prämie und Verpfändung von Schiff und Fracht. Der Darlehensgeber erhält sodann ... äh ... einen auf Verlangen an Order gestellten Bodmereibrief ...«

Der Hofrat wurde blass, drehte sich um und verließ wort- und grußlos das Zimmer des Amtsgehilfen Kallinger, sodass er nicht mehr hören konnte, wie Letzterer noch weiter erklärte, dass der Inhaber des Bodmereibriefes nach Beendigung der Reise die Rückzahlung des Darlehens und die Zahlung der Prämie verlangen kann.

Die Vollschlanke

Sie war eine »Seel« von einem Menschen, sagten ihre Verwandten; alle aus dem Böhmerland stammend. Also waschechte Wiener, die mit jedem Wort, das sie sprachen, erkennen ließen, dass ihnen die tschechische Sprache geläufiger ist als jede andere. Mit der »Seel« war die an eine Amme erinnernde rustikale Schönheit gemeint, die bis über die Fünfzig mit einem wohlproportionierten Formenreichtum ausgestattet war. Sie wurde stets als »Tante Rosi« apostrophiert und galt als die beste Köchin weit und breit. Berühmt waren ihre Mohnnudeln, Nusspalatschinken und Powidltascherl.

Mit vierzig war sie noch immer nicht verheiratet und alle Verwandten waren sich einig, dass zu einer Frau mit solchen Qualitäten, insbesondere was Figur und Temperament anbelangten, unbedingt ein Mann ins Haus gehöre. Und tatsächlich lernte sie im Wiener Prater einen nur um wenig älteren Matrosen – er war Steuermann auf der Donauschifffahrt – kennen und lieben. Er hieß Ludwig und himmelte sie an, wobei es bis heute ungewiss ist, ob es wegen ihrer Vollbusigkeit war, oder doch wegen der Herrlichkeiten aus ihrer böhmischen Küche.

Es stellte sich aber bald heraus, dass Ludwig eher ein Faible für die schlanke Weiblichkeit hatte, denn er selbst blieb trotz der kalorienreichen Verköstigung dünn wie ein Bleistift.

Tante Rosi heiratete ihn trotz des Wissens, dass Ludwig meist ein halbes Jahr unterwegs war, und sie nur ein paar Wochen im Jahr zusammen sein konnten.

Ein halbes Jahr ist eine lange Zeit und das Warten auf etwas, worauf sie als angetraute Ehefrau ein gesetzliches und auch moralisches Recht hatte, irritierte Tante Rosi ungemein. Aber sie hatte den Ludwig sehr gern, und immer wenn er auf Fahrt ging, versuchte sie in seiner Abwesenheit das Beste aus sich zu machen. Wie so viele vollschlanke Frauen war sie nie zufrieden mit ihrer Figur und weil sie auch um Ludwigs Vorliebe für die Schlankheit wusste, hoffte sie immer wieder, an den richtigen Stellen ein paar Kilo abzunehmen.

Wenn also Ludwigs Schiff Pressburg passierte, begann Tante Rosi mit einer intensiven Abmagerungskur. Sie lebte monatelang nur von wenig Obst und Gemüse. Während Ludwig die oberungarische Tiefebene, das Banater Gebirge und die rumänische Walachei durchkreuzte, bekam sie zusehends die Figur eines unterernährten Mannequins.

Aber je länger ihr Mann wegblieb, desto trauriger und nervöser wurde Tante Rosi. Und diese negativen Gefühle wieder verbrauchten ihre Kräfte, die aber durch die spärlichen Mahlzeiten nicht zu ersetzen waren. Und zu dem Zeitpunkt etwa, in dem sich Ludwigs Schiff vom Schwarzen Meer weg wieder stromaufwärts zu plagen begann, konnte sich die in doppelter Enthaltsamkeit dahin vegetierende Tante Rosi nicht mehr beherrschen. Zu ihrer Ehre aber: sie entschied sich fürs Hühnerfleisch und vertilgte von nun an täglich zwei Brathendeln, ohne

Beilagen und Salat. Dazu dampfte es im Backrohr von allerlei süßen Nachspeisen.

So kam es, dass bei der Rückkehr Ludwigs ihre Figur wieder die gleiche war, wie bei seiner Abfahrt und er sie nie in ihrem schlanken Zustand zu Gesicht oder in die Arme bekam.

Nach wenigen Jahren verstarb die »Seel« von einem Menschen an Herzversagen. Der stetige Wandel von dick auf dünn und von dünn auf dick hatte sich an ihrer Gesundheit bitter gerächt.

Der Selbstmörder

Wenn je der Tod eines Menschen in seiner unmittelbaren Umgebung Unverständnis und Ratlosigkeit hervorgerufen hat, dann jener des Wirtschaftsreferenten Hugo W. Nicht dass dieser etwa eine Person gewesen wäre, der man zu Lebzeiten überdurchschnittliches Interesse entgegengebracht hätte; auch war sein Ableben nicht geradezu als spektakulär zu bezeichnen, denn wenn er auch Selbstmord verübte, so tat er dies auf eine ihm zeit seines Lebens gemäße, fast diskrete Art. Mit einem Strick nämlich, in seinem Bürozimmer, nach Arbeitsschluss.

Was aber jene, die ihn näher gekannt hatten, oder vielmehr glaubten, ihn gekannt zu haben, so außerordentlich bewegte, war in erster Linie die Tatsache, dass sich einfach niemand vorstellen konnte, was ihn eigentlich zu einer solchen Tat bewogen haben mochte. In einem solchen Fall lieben wir es, Vermutungen an- und Theorien aufzustellen, die Erkenntnisse der Psychologie zu strapazieren und aus den privatesten Anekdoten um den jeweiligen Verstorbenen etwaige Hintergründe oder Anlässe für sein überraschendes Verhalten herauszulesen. Aber, was Hugo W. betraf, führte das zu keinem Resultat. Übereinstimmung herrschte lediglich in der Erkenntnis, dass es trotz aller Bemühungen nicht möglich war, einen halbwegs triftigen Grund für seinen Selbstmord zu finden.

Hugo W. war, als er starb, vierundfünfzig Jahre alt. Er hatte sich, was allgemein bekannt war, in regelmäßigen

Abständen durchuntersuchen lassen, und der letzte ärztliche Befund, der drei Monate zurücklag, war, wie sich später herausstellte, zugleich eine Bescheinigung für eine in diesem Alter überdurchschnittliche Gesundheit. Bis auf wirklich nur ganz geringe Abnutzungserscheinungen war nicht das Geringste festgestellt worden, das Anlass zur Besorgnis hätte geben können. Für Eingeweihte bot ein solches Ergebnis keine Überraschung, denn Hugo W., wie man wusste, hatte weder geraucht, noch Alkohol getrunken, und Hilde, seine Gattin, hatte für pünktliche Mahlzeiten gesorgt und diese nach selbst zurechtgelegten, gesundheitsfördernden und – erhaltenden Rezepten und Diäten hergestellt. Tiefgefrorenes, zum Beispiel, kam nie auf den Tisch, weil Hugo W. einen ungewöhnlichen Abscheu dagegen hatte, und an Fetten fanden selbstverständlich nur pflanzliche Eingang in die Küche. So wie diese Küche war auch die Ehe gewesen. Gut und gediegen. Scharfe Gewürze wurden gemieden.

Schon diese wenigen Einzelheiten weisen darauf hin, dass niemand Herrn W. große Emotionen zutraute, weil sie nicht zu dem Bild passten, das man sich im Verlauf der Jahre von ihm gemacht hatte. Und hier begann auch bereits das Dilemma in der versuchten Rekonstruktion des Falles. Neigt doch der Laie dazu, sich eine selbstmörderische Tat nur unter äußerst dramatischen Begleitumständen vorzustellen, die auch wieder nur innerhalb einer seelischen oder geistigen Sperrzone möglich sind, aufgeladen mit für Außenstehende unbekannten und unfassbaren Gefühlen und Erregungszuständen.

Niemand aber konnte sich Hugo W. als das Opfer solcher gewaltiger innerer Spannungen denken. Man hatte vielmehr den Eindruck, als habe er sich mit seinem Suizid eine Größe angemaßt, die ihm nicht zustand, oder ihm, wie man sagt, eine Nummer zu groß war.

Hilde W. war, wie es sich in einer solchen Situation gehört, fassungslos und entsprechend unfähig, etwas zur Klärung der Verhältnisse, die zur Katastrophe geführt hatten, beizutragen. Sie befand sich eine Zeit lang in einem dumpfen Trauerzustand, der ihr sowieso keinen klaren Gedanken erlaubte, und dann, als sie den ärgsten Schock überwunden und die Sprache wiedergefunden hatte, führten alle ihre Klagen letzten Endes zu der hartnäckig immer wiederkehrenden Frage, wie nur Hugo ihr und den Kindern »das« habe antun können.

Seine Kinder wieder, beide bereits verheiratet, hatten sich im Verlauf der letzten Jahre bereits so weit vom Elternhaus entfernt, geografisch und gefühlsmäßig nämlich, dass es anlässlich dieses Ereignisses zwar noch zur Ergriffenheit und Erschütterung reichte, darüber hinaus aber zu nichts, was irgendwelche Anhaltspunkte für ein Motiv ergeben hätte können. Schließlich einigten sie sich mit ihrer Mutter dahingehend, dass es sich hier um eine unvorhersehbare und ganz plötzlich zum Ausbruch gekommene Depression gehandelt haben müsse. Von ähnlichen, für die Hinterbliebenen ebenso unerklärlichen Vorfällen könne man ja tatsächlich jeden Tag in den Lokalspalten der Zeitungen lesen.

Hugo W.s Bürokollegen waren hingegen vielseitiger in ihrer Beurteilung des Geschehenen. Sie waren zwar überrascht gewesen, aber nicht so schmerzhaft berührt wie die unmittelbaren Familienmitglieder, sodass sie klarer und objektiver den verschiedenen Überlegungen nachgehen konnten, von denen sie hofften, sie würden zu einer Lösung des Rätsels führen. Allerdings verliefen alle diese Unternehmungen unbefriedigend.

Hugo W., so schien es, entzog sich noch im Nachhinein jeder Kontrolle seines Tuns, und das war »nicht schön« von ihm. Ein Abschiedsbrief zum Beispiel, wenn auch noch so kurz, hätte alles gelöst. Aber Hugo W., sonst ein anständiger und pflichtbewusster Mensch, dem man in all den Jahren, sowohl privat als auch dienstlich, nichts Nachteiliges hätte nachsagen können, hatte keine Zeile hinterlassen. Das grenzte, bei Nachsicht aller Taxen, an Bosheit.

Allmählich aber verlor man doch auch am Selbstmord des Wirtschaftsreferenten Hugo W. das Interesse. Es war, als ob man ihn zur Strafe, dass er so viele Schwierigkeiten heraufbeschworen und keinerlei Anhaltspunkte zu ihrer Bewältigung hinterlassen hatte, nun möglichst schnell vergessen wollte. Er, der sich oft und oft mit Statistiken hatte befassen müssen, wurde nun selbst zum Bestandteil einer solchen. Eine namenlose Nummer in der Rubrik »Anzahl der Selbstmorde«.

Da an anderen Wirtschaftsreferenten kein Mangel herrscht, gab es bei der Suche nach seinem Nachfolger keinerlei Probleme. In Anwesenheit des Abteilungsleiters wurde W.s Schreibtisch für einen gewissen Herrn S. freigemacht. Das war schnell geschehen und das Wenige an persönlichem Besitz der Witwe übergeben.

Unter diesen bedeutungslosen Dingen befand sich auch ein Kalender, das bedeutungslose Neujahrgeschenk irgendeiner bedeutungslosen Firma, mit der Hugo W. geschäftlich korrespondiert hatte. Auf diesem Kalender hatte er mit Rotstift täglich nach Büroschluss den soeben absolvierten Tag abgestrichen. Immer mit demselben markanten Querstrich von rechts oben nach links unten. Und das Tag für Tag, Wochen und Monate hindurch, inklusive seines Todestages.

So hatte er den Kalender zum stillen Zeugen der Vergänglichkeit seines Lebens gemacht, abends nach Arbeitsende, immer zur selben Zeit, immer mit derselben ruckartigen Handbewegung, ohne sich dabei vielleicht etwas zu denken, ohne vielleicht recht hinzuschauen. Automatisch halt, wie mit der Exaktheit eines Computers. Auch den Tag, an dessen Ende er sich dann erhängte, hatte er auf diese Art registriert.

Die Finalisten

Durch viele Jahrzehnte war ich mit den jeweils allein lebenden Gustav U. und Emmy S. bekannt und befreundet gewesen.

*

Eines Tages konnte sich Gustav nicht mehr bewegen. Seine Nachbarin, eine junge Medizinstudentin, hatte mich angerufen und als ich dorthin kam, lag er noch immer rücklings auf dem Bett. Er trug eine gelbe Schnürlsamthose und eine dicke, aschgraue Weste, obwohl die Temperatur in diesem Zimmer gute fünfundzwanzig Grad Celsius betrug. Seine Gesichtsfarbe war rosig wie die eines Kindes. Er atmete mit einem leisen Pfeifton, antwortete aber auf keine der an ihn gerichteten Fragen oder Zurufe.

»Wir haben geläutet und getrommelt«, erzählte die Nachbarin, »aber er hat sich nicht gerührt. Zum Glück hat er die Eingangstüre nicht verschlossen gehabt!«

Sie griff nach Gustavs Hand und prüfte den Puls.

»Ich glaube, wir müssen die Rettung holen«, sagte sie zu mir und ging ohne weitere Kommentare hinüber in ihre Wohnung, um anzurufen.

*

Emmy S. war knapp über die Achtzig, als sie sich bei einem Sturz in ihrer Wohnung das Handgelenk brach. Ärzte stellten fest, dass es sich um die Folgen eines Schlaganfalls gehandelt haben musste.

Beim zweiten Sturz brach sie sich das Schambein und beim dritten fiel sie mit dem Kopf gegen einen Kasten. Und als sie den linken Fuß etwas nachzuschleifen begann, dachte ich noch, dass sich auch das mit der Zeit wieder geben werde.

Aber dann begann ihr Gedächtnis nachzulassen. Sie wusste nicht mehr, welcher Tag gerade war, vergaß den Telefonhörer aufzulegen und konnte die wenigen Verabredungen und Verbindlichkeiten nicht mehr einhalten. Worte und Zahlen wurden für sie bedeutungslos.

Eines Nachts stürzte sie schwer und brach sich die Hüfte. Sie wurde ins Krankenhaus gebracht und operiert. Von da an kam sie nicht mehr nach Hause zurück.

*

Das Seniorenheim, wo Gustav U. untergebracht worden war, lag am Stadtrand, im Grünen, inmitten kleiner Villen. Das Innere schien von oben bis unten aus Plüsch zu bestehen und die hübsche Leiterin sah aus wie eine kostbar verpackte Bonbonniere.

Der dazugehörige Garten machte genauso einen sauberen Eindruck wie die Gänge und Räume dieses Hauses. Unter den Bäumen standen abgespannte Sonnenschirme, schlaff und nass vom letzten Regen und erinnerten an einige Bewohner dieses Heimes.

*

Ich besuchte Emmy S. in der Geriatrie. In dem langen Gang saßen alte Leute auf Bänken oder in Rollstühlen und erinnerten mich an kranke Vögel, die ihre Flügel nicht mehr heben können. Andere schoben ihre rollenden Gehstützen ziellos einmal in die eine, dann in die andere Richtung. Manche saßen bewegungslos da und starrten vor sich hin. Viele schienen überhaupt keine Kraft mehr zu besitzen: muskellose Figuren, zusammengesunken in abstrusen Stellungen.

Wenn ich mit Emmy sprach, verstand sie den Sinn dessen, was ich sagte, nur für wenige Minuten; damit erschöpfte sich ihre Aufmerksamkeit vollkommen. Wenn aber sie mir etwas erzählte, waren das meist unzusammenhängende, oft absurde Geschichten. Und wenn ich ihr zu erklären versuchte, dass sie das nur geträumt haben musste, reagierte sie heftig und behauptete erregt, dass es wirklich so gewesen sei. Seither widersprach ich ihr nicht mehr.

*

Bei meinen Besuchen in Gustavs Seniorenheim stand immer die Tür zu seinem Zimmer halb offen. Er saß meistens auf dem Sessel neben dem Tisch und schlief.

»Gustav!« rief ich und klopfte ihm auf die Schulter. Aber er rührte sich nicht. Ich setzte mich ihm gegenüber auf das sauber gemachte Bett und betrachtete ihn. Sein Haar war ganz und gar weiß geworden, aber seine Gesichtsfarbe war immer noch so rosig und niemand würde ihm ansehen, dass er vor kurzem zweiundneunzig Jahre alt geworden war.

Ein Stück von der Zunge hing aus dem Mund und erinnerte mich daran, dass er ja seit mehr als zwanzig Jahren keine Zähne mehr hatte. Das ihm angepasste künstliche Gebiss konnte oder wollte er nicht tragen. Gustav vertrug im Mund keine Fremdkörper.

Ich wandte mich an den Pfleger und fragte, was Gustav fehle.

»Unterhosen«, sagte dieser, »lange Unterhosen!«

*

In Emmys unmittelbarer Umgebung in der Geriatrie verschwanden ständig Kämme, Brillen oder Zahnprothesen. Jede ihrer Zimmergenossinnen verdächtigte eine andere, sie bestohlen zu haben. Wahrscheinlich wusste keine mehr so recht, wohin sie ihre Utensilien gelegt hatte. Manchmal wurden sie auf Plätzen gefunden, wo sie niemand vermutet hätte, wie in Blumenstöcken oder hinter Klomuscheln.

Wenn von irgendwo Hilfeschreie zu hören waren, blieben alle apathisch ruhig. Ebenso wenn das Hilfspersonal unterwegs war, von Zimmer zu Zimmer den Mist aufzukehren, verunreinigte Wäsche auszutauschen oder Ausgeschüttetes und Angeschmiertes weg zu wischen.

Jene, die ständig in ihren Betten lagen, wurden von den Pflegern meist mit einem Essensbrei abgefüttert. Hingegen jene, die noch sitzen konnten, speisten mit viel Plage beim Tisch.

Oft lagen einige mit dem Oberkörper auf der Tischplatte, das Gesicht in den Armen vergraben. Hin und wieder hob eine den Kopf, starrte auf den vollen Teller und sank dann wieder in sich zusammen.

*

Auch bei meinem letzten Besuch in Gustavs Seniorenheim traf ich ihn im Sessel schlafend an. Ich schlug ihm mehrmals mit der flachen Hand auf den Rücken, so wie man es bei einem macht, dem beim Schlucken etwas im Hals stecken geblieben ist. Gustav ließ das gelassen über sich ergehen und schlief weiter.

»Zeitig in der Früh«, erzählte mir der Pfleger, »ist er meistens hellwach, taucht tipptopp mit Krawatte und Hosenträgern in der Eingangshalle auf und steht dem teppichsaugenden Personal im Wege herum. Nach dem Frühstück, wenn er wieder auf dem Zimmer ist, beginnt seine Schlafensperiode. Irgendwann zu Mittag kommt er wieder zu sich. Manchmal, wenn er nicht wachzukriegen ist, müssen wir ihn ins Bett hineinheben.«

Ich erkundigte mich, welche Medikamente ihm eigentlich verabreicht werden.

»Einiges«, gestand mir der Pfleger, »aber er schluckt sie nicht oder lässt sie irgendwie verschwinden!«

Bald darauf ist Gustav einmal vom Sessel gefallen und ins nahe Spital eingeliefert worden, aus dem er nicht mehr zurückkam.

*

Emmys Zustand hatte sich stark verändert. Ihr Gesicht war unbeweglich geworden. Ich merkte zwar, dass sie mich erkannte, aber sie sagte nichts. Erst viel später murmelte sie, kaum hörbar: »Wo kommst denn du her?« Eine Antwort darauf erwartete sie nicht.

Bei meinem letzten Besuch erkannte sie mich überhaupt nicht mehr. Ihr Gesicht sah jetzt einem alten

Mann ähnlicher als einer alten Frau. Sie hatte Mühe, ihre Augen auch nur einen Spalt weit offen zu halten.

Ich erinnere mich noch an eine Schwester, die ins Zimmer kam, um mir mitzuteilen, dass Emmy S. nicht mehr essen und trinken könne und sie nur noch mit Infusionen am Leben erhalten werde.

Von
ungewöhnlichen
Begebenheiten

Bei näherem Hinsehen erscheint einem das Gewöhnliche und Alltägliche fremd.

Das Muttermal

Da wir gewöhnt sind, dass eine Geschichte, ob wir sie nun erzählt oder zu lesen bekommen, nach verschiedenen und zumeist unvorhersehbaren Verwicklungen zu einer Pointe kommt, die alles Fragwürdige erklärt, fühle ich mich im vorliegenden Fall dazu verpflichtet, darauf hinzuweisen, dass ich nicht imstande bin, mit einer solchen Lösung aufzuwarten. Die Story hat zwar, wie es ja anders gar nicht möglich wäre, ein Ende, aber dieses ist, wie ich glaube, weitaus überraschender als es die einzelnen Details der zu beschreibenden Handlung sind. Außerdem fällt mir jetzt, im Nachhinein, auf, dass es eine Handlung im üblichen Sinne gar nicht gegeben hat, sondern bloß eine Verflechtung von Zufällen.

Alles, was ich hier zu erzählen versuche, hängt mit meinem inzwischen verstorbenen Freund Georg zusammen. Es ist seine Geschichte, vom ersten bis zum letzten Wort, sodass es zweifellos notwendig ist, ihn etwas deutlicher zu profilieren.

Wir kannten uns schon von Jugend an, und im Gegensatz zu so vielen aus den Wirrnissen der Pubertät geborenen Freundschaften überlebte die unsere auch die fogenden Jahrzehnte. Georg war durchaus kein außergewöhnlicher Mensch. Eine kritische Betrachtungsweise hätte an ihm sicherlich einen gewissen Hang zur Geckenhaftigkeit entdecken müssen, der seinen Ursprung unter Umständen in Georgs von allen beneideten Erfolgen bei Frauen haben mochte. Er hatte, das muss man zugeben, das Gesicht eines Filmhelden der Sechzigerjahre, in dem abgebrühte Frechheit und Sentimentalität eine Symbiose eingegangen waren, die auf Damen mitunter so verheerend wirkt, dass sie Dinge tun, die sie nachher möglichst schnell wieder vergessen wollen. In dieser Hinsicht, was nämlich sein eindrucksvolles Äußeres betraf, schienen sich bei Georg auch Mängel, die den Wert eines anderen Mannes entschieden herabgesetzt hätten, immer noch zu seinem Besten auszuwirken. Zum Beispiel verunzierte seine linke Schläfe ein sehr ausgeprägtes Muttermal, und zwar keine Pigmentveränderung, wie man sie oft sieht, sondern etwas von jener Art, die man gemeinhin als »Feuermal« bezeichnet. Dieser Makel verlief vom Haaransatz bis fast zur Augenbraue, war also nicht zu übersehen und hätte in jedem anderen Gesicht wahrscheinlich ungemein störend gewirkt. Anders bei Georg, denn so wie bei Ganovengesichtern die Vernarbung eines Messerstichs ihre brutale Männlichkeit noch unterstreicht und in ein besonderes Licht rückt, so wurde die eingangs erwähnte Wirksamkeit seines Gesichts durch dieses Muttermal noch verstärkt und gleichsam veredelt.

Obwohl nun dieses Muttermal für unsere Erzählung noch von größter Bedeutung sein wird, ist es doch notwendig, die Person meines Freundes auch von einem anderen Blickwinkel her zu betrachten und dabei zu einem Bild zu kommen, das mit dem von ihm bisher aufgezeigten ganz und gar unvereinbar zu sein scheint. Georg war nämlich ein sehr großer Liebhaber von Büchern, und zwar faszinierte ihn nicht deren Besitz, vielmehr las er sehr viel und sehr gründlich. Seine Belesenheit war dementsprechend frappierend, zumal er nicht zu jenen Leuten gehörte, bei denen das Gelesene unmittelbar nach der Lektüre so spurlos aus dem Bewusstsein schwindet wie ein schwacher Regenguss im meterhohen Sand, sondern sich tatsächlich lange Zeit hindurch mit dem beschäftigte, was ihm die Literatur zu geben hatte, bis er sich letzten Endes das, was ihn daran bewegte oder in hohem Maße interessierte, zu eigen gemacht hatte, als handle es sich dabei um Teile seines eigentlichen Wesens.

Kein Wunder also, dass viele unserer Gespräche – und Gespräche zählen ja zu den Grundbestandteilen jeder Freundschaft, da doch die Sprache das Um und Auf jeder menschlichen Beziehung darstellt und die Dauerhaftigkeit einer solchen überhaupt erst ermöglicht – von Büchern und deren Inhalten beeinflusst waren. Und da erinnere ich mich nun, in diesem Zusammenhang, ganz deutlich an jenen Abend, an dem mir Georg zum ersten Mal einen ganz bestimmten Traum erzählte, den er, in unregelmäßigen Abständen, bereits mehrmals geträumt hatte.

Er war durch die Lektüre von Prousts »Suche nach der verloren Zeit«, durch dessen langwierige Beschäftigung mit dem Ineinander und Übereinander von Traum und Wachzustand, auf dieses Thema gekommen, und hatte in diesem Zusammenhang nach einigem Zögern, als falle es ihm schwer, über eine solche nur ihn betreffende Sache zu reden, damit begonnen, diesen Traum, der ihn allem Anschein nach schon längere

Zeit beschäftigte, zu erzählen. Dabei waren die Fakten, von denen er berichtete, denkbar einfach, und nur die Tatsache, dass sie immer wieder in seinen Nächten auftauchten, schien ihm sonderbar und aus diesem Grund erwähnenswert.

In dem Traum befand sich Georg jedes Mal in einem seltsamen, gewissermaßen zweigeteilten Zustand; er war der Akteur und zugleich jemand, der diesem bei seinen Aktionen zusah, Handelnder und Beobachter in einer Person also. Und das Traumgeschehen verlief immer auf dieselbe Art, präzise und in derselben Aufeinanderfolge, als habe sich der Ablauf, wie im Film, strengen Regieanweisungen zu fügen.

Jedes Mal zu Beginn des Traums überschritt er, Georg, eine Zugbrücke, die zu einer Burg mitten auf einem bewaldeten Hügel führte. Er befand sich dabei in Begleitung zahlreicher anderer Männer, die aber unerkennbar und schemenhaft blieben, sodass die Erinnerung an sie keinerlei Rückschlüsse auf Zeit und Ort des Geschehens ergab. Auch setzte sich der Traum nach dem Überschreiten der Zugbrücke in keiner Weise folgerichtig fort, vielmehr befand sich Georg unmittelbar danach auf der Flucht, und zwar lief er eine steile Wiese hinunter, verfolgt von diffusen Gestalten, und immer wenn er sich umwandte, um den Abstand zu seinen Verfolgern abzuschätzen, sah er in aller Deutlichkeit die hinter ihm liegende Szenerie, die er zuvor schon aus einer anderen Perspektive wahrgenommen hatte: die Wiese, über ihr ein Lärchenwald und aus diesem herausragend jene Burg.

Das Ende des Traumes war dann jedes Mal dasselbe; Georg erwachte abrupt in dem Augenblick, da er von seinen ihm unbekannten Gegnern erreicht wurde, und zwar ehe er noch von einem von ihnen berührt wurde.

In der Folgezeit sprachen wir noch mehrmals über diesen seltsamen Fall. Georg gestand, dass er sich mitunter in seiner Fantasie sehr rege mit diesem Traum beschäftige, dass er sich bemühe, im Wachzustand die Traumbilder recht deutlich vor Augen zu bekommen, in der Hoffnung, sie kraft der Intensität seiner Erinnerung mit weiterem Material anreichern, und so zu den Hintergründen vorstoßen zu können.

Aber dieser geistigen Mühe war kein Erfolg beschieden; der Traum mochte noch so oft wiederkehren und von Georg noch so oft wiedererzählt werden – er sprengte in keiner Phase die beschriebene einfache Form.

Ich muss gestehen, dass auch ich Georgs Traum mehrmals nacherzählte, und zwar immer dann, wenn es darum ging, jene läppische, laienhafte Ansicht zu widerlegen, dass es sich bei Träumen bloß um unterdrückte und nächtlicherweise aus dem Unterbewusstsein hochgeschwemmte Tag-Eindrücke handle, sie also nichts anderes seien als die Fortsetzung von unerledigt gebliebenen Erlebnissen und Gedanken. Georgs Vision konnte da natürlich als äußerst schön abgerundetes Gegenbeispiel verwendet werden, zumal er selbst mir mehrmals aufs Eindringlichste erklärt hatte, dass er völlig sicher sei und darauf schwören könne, niemals in seinem Leben eine Landschaft gesehen zu haben, die auch nur die geringste Ähnlichkeit mit der seines Traums gehabt hätte.

So interessant es auch war, die Geschichte zu drehen und zu wenden, von allen Seiten Zugang zu suchen und sich in Vermutungen zu ergehen, so zeigte sich zuletzt doch, dass Phänomene solcher Art in sehr starkem Maße von ihren Interpreten abhängig sind; nach Georgs Tod – er kam bei einem Autounfall ums Leben – geriet auch bei mir die Geschichte seines Traums ganz allmählich in Vergessenheit. Immer größer wurden die Intervalle, in denen sich einer meiner Gedanken flüchtig damit beschäftigte, und immer unwirklicher wurden meine Erinnerungen daran, sodass man schon voraussagen konnte, wie bald der Traum die totale Abwesenheit seines Mediums teilen würde.

Als ich im vergangenen Herbst eine dreitägige Reise nach Venedig unternahm, dachte ich jedenfalls weder an Georg noch an irgend etwas, das mit seinem Namen oder mit seiner Person auch nur ungefähr verknüpft gewesen wäre. Ich genoss die Sonne, die, spät im Jahr, noch einmal alle Sehnsüchte nach dem Sommer mobil machte, die von ihr mit verschwenderischen Farben ausgestatteten Kulissen nebst der auf diese wie in einer gelungenen theatralischen Aufführung abgestimmten Geräuschkulisse, und ich befand mich daher in der ausgeglichensten Stimmung, die man sich denken kann, als ich am zweiten Tag, in einer kleinen Seitengasse nahe dem jüdischen Ghetto, vor einem Buchladen landete, der, dem ersten Ansehen nach, über einen ziemlich großen antiquarischen Bestand zu verfügen schien.

Tatsächlich war die Auswahl an alten Büchern beträchtlich. Vor allem handelte es sich dabei, wie ich bald herausfand, um historische Werke aus den verschiedensten Jahrhunderten, nicht nur die Geschichte Venedigs betreffend, sondern darüber hinaus lokalhistorische Details aus den verschiedensten Provinzen Italiens.

Ich weiß nicht, wie lange ich dort stöberte und blätterte und mich in jenem geistesabwesenden Zustand befand, der einen so leicht befällt, wenn man durch das geschriebene Wort aus seiner jeweiligen Gegenwart entführt und in fremde, von ganz anderen Wirklichkeiten bestimmte Zeiten und Räumlichkeiten versetzt wird. Die Jahrhunderte mit ihren Päpsten und Potentaten begannen allmählich in meinem Gehirn zu einem nicht mehr überschaubaren Konglomerat zu verschmelzen und ich fühlte schon jene Müdigkeit aufkommen, die einem mitunter zu schaffen macht, wenn man sich allzu lange in einem Museum aufhält, als ich plötzlich beim flüchtigen Aufschlagen eines schmalen Bandes ein Bild vor mir hatte, das mit einem Schlag meine volle Konzentration wiedererweckte. Das Buch war 1711 in Florenz erschienen. Über den Autor und den Verlag gab es keinerlei Angaben. Es behandelte, wie ich bald herausbekam, ein auch von Machiavelli beschriebenes Ereignis in der Geschichte von Florenz, nämlich die durch Alaunfunde entstandene Auseinandersetzung zwischen Florenz und Volterra, die, da sie nur bei Piombino und Siena Unterstützung fand, für die letztere Stadt mit einer Niederlage endete. Dieser kleine Krieg in der Toskana hatte 1472 stattgefunden.

Nachdem es mir gelungen war, mich soweit aus dem Text zu informieren, kehrte ich ungeduldig zu dem Bild zurück, das zuvor meine Aufmerksamkeit erregt hatte. Es handelte sich hier um einen von zehn Stichen, mit denen das Buch illustriert war. Der Name des Zeichners schien ebenfalls nirgends auf.

Ich hielt mich aber nicht lange bei diesen Nebensächlichkeiten auf, sondern vertiefte mich in diesen alten Stich. Je länger ich darauf starrte, desto heftiger wurde meine Erregung.

Es wurde die Niedermetzelung einer kleinen Gruppe von Volterranern durch die Florentiner dargestellt. Das Ganze spielte sich auf einer steilen Wiese ab. Dahinter war ein Lärchenwald zu sehen, über dem sich eine Burg erhob. Mit der für frühe Stiche oft typischen Genauigkeit, wenn es um das Aufzeigen von Grausamkeiten geht, war das Abschlachten der Volterraner durch die Florentiner Soldateska gezeichnet; Schwerter, die sich in Bäuche bohrten, gespaltene Schädel, gekrümmte Leiber. Während all das in der Mitte des Bildes geschah, sank am linken Bildrand ein sichtlich schwer lädierter Volterraner zu Boden. Beide Hände hatte er auf eine klaffende Wunde an der Brust gepresst. Der Kopf lag im Nacken und er blickte nach oben, als erwarte er sich aus dem Universum Hilfe und Linderung seiner Not. Das Gesicht wurde von den Strahlen der Sonne getroffen.

Aber selbst wenn dieses Gesicht im Schatten gelegen oder man auch nur die Hälfte von ihm zu sehen bekommen hätte – ich hätte keinen Moment zögern müssen, um es zu erkennen. Es waren die unverwechselbaren Züge meines Freundes Georg, vom Zeichner, um den Todeskampf auszudrücken, zur Visage entstellt, aber unverkennbar auch in dieser Form.

Und wenn es noch die geringsten Zweifel gegeben hätte, so mussten diese schwinden angesichts der Tatsache, dass an der linken Schläfe des Volterraners, vom Haaransatz bis fast zur Augenbraue, ein Muttermal zu sehen war, das wie die Vernarbung einer Verbrennung aussah und dem ich in zahllosen Stunden, unter den verschiedensten Lichtverhältnissen, gegenüber gesessen war, wenn wir, Georg und ich, über Bücher und Autoren gesprochen hatten.

Und über Träume.

Die Wette

Cardman war Tierbändiger. Es scheint nirgendwo auf, ob er noch mit dem glühenden Eisen arbeitete. Auf jeden Fall war er zu seiner Zeit eine außerordentliche Berühmtheit und trat in allen Hauptstädten Europas auf.

Verschiedene Musiker, so hieß es, haben für seine Nummern die Musik geschrieben, in der Hoffnung, durch die Verbindung ihrer Namen mit dem seinen bekannt zu werden.

Er trat zumeist mit gemischten Raubtiergruppen auf und sein Programm soll historisch fundiert gewesen sein. So hatte er, zum Beispiel, mehrmals einen Auftritt, der bereits in den Amphitheatern Roms begeistert hatte. Er setzte nämlich Hasen aus, ließ sie von Löwen und Tigern fangen und lebend zurückbringen.

1845 gastierte Cardman in London. Man schrieb über ihn, er befinde sich »im Zenit seines Könnens«. Wie schwer es nun auch ist, eine solche Behauptung, noch dazu im Nachhinein, zu beweisen, so muss man doch die Tatsache anerkennen, dass Cardmans Auftritte ungemeinen Zulauf hatten und jeden Abend ausverkauft waren. Damals lernte Cardman Lord Ashley kennen, der von nun an jeden Abend dem Programm des Dompteurs beiwohnte.

Natürlich fiel Lord Ashleys Anwesenheit nicht nur den Leuten vom Zirkus auf, sondern auch jenen, für die der Zirkus in erster Linie ein gesellschaftliches Ereignis war, das man wie eine Theaterpremiere oder Konzerturaufführung besuchen musste. Diese Sorte Menschen geht nicht wohin, um zu sehen oder zu hören, sondern um gesehen und gehört zu werden.

In diesen Kreisen befindet sich immer der eine oder andere Journalist, der davon lebt, dass es eben diese Kreise gibt; und ein solcher war es schließlich auch, der den Lord interviewte und ihn auf das Merkwürdige seiner regelmäßigen Logenbesuche hin ansprach.

Nun stellte sich heraus, dass der Engländer mit Cardman gewettet hatte, dass letzterer eines Tages von seinen Bestien zerrissen werden würde. Und um diesen Augenblick nicht zu versäumen, hatte der reiche Sonderling fortan keinen besseren Lebenszweck, als den Tierbändiger auf seinen Reisen zu begleiten.

Natürlich waren die Reaktionen auf diese verblüffende Neuigkeit äußerst verschieden. Es gab Leute, die den Lord ganz einfach einen eiskalten, gemütslosen Menschen nannten, da er überhaupt auf die Idee einer solchen Wette gekommen war, bei der ein Ende zu seinen Gunsten mit unbeschreiblicher Grausamkeit für den Verlierer verbunden sein musste. Andere wieder nahmen an der Sache zwar keinen allzu großen Anstoß, mokierten sich aber über die soziale Seite der Angelegenheit, dass nämlich Cardman das ganze Risiko der Auseinandersetzung zu tragen habe, während Ashley dank seiner materiellen Überlegenheit imstande war, eine geradezu cäsarische Macht auszuspielen, und schließlich gab es da noch jene, die dieser pikanten Wette äußerst gelassen gegenüberstanden und, wie sie es vom Rennplatz her gewohnt waren, lediglich deren sportlichen Wert diskutierten. Dazu muss gesagt werden, dass es außerdem tatsächlich auch Versuche gab, Lord Ashley umzustimmen.

Man weiß nicht von wem, aber auf jeden Fall wurde ihm zugeredet, aus moralischen, humanen und ähnlichen Gründen von der Wette zurückzutreten. Der Engländer aber weigerte sich und fand es nicht einmal der Mühe wert, seinen Standpunkt zu verteidigen.

Cardman äußerte sich mit keinem Wort zu den Beziehungen zwischen ihm und Lord Ashley. Aber Leute, die ihm nahe standen und regelmäßig mit ihm zu tun hatten, erkannten sehr bald, dass die Wette, was immer auch ihr Inhalt gewesen sein mochte, nicht ohne Auswirkungen auf seine Arbeit blieb.

Er stand jetzt tatsächlich unter zweifacher Belastung, denn das Bewusstsein, dass zumindest eine Person im Zuschauerraum saß, die weniger seine Künste goutierte, als vielmehr auf das Versagen derselben wartete, beeinflusste von nun an jede seiner Handlungen im Käfig, ob er das nun wahrhaben wollte oder nicht. Der Engländer war mehr als drei Jahre lang sein ständiger Begleiter. Nie wird man etwas über Cardmans Gedanken oder Stimmungen in diesen Jahren erfahren.

Kenner der Szene stellten aber fest, dass sich seine Arbeitsweise veränderte; er baute immer waghalsigere Kunststücke in sein Programm ein, zeigte immer kompliziertere Dressuren und erweckte überhaupt den Eindruck, als sei er durch die Wette mit dem Lord gewissermaßen provoziert worden und noch mehr als früher darauf aus, in seinen Auftritten bis an die Grenzen seines Könnens zu gehen.

Interessant ist übrigens, dass Cardman und Ashley nach dem Abschluss der Wette, so viel man weiß, keinerlei persönlichen Kontakt mehr hatten; sie waren die ruhenden Punkte in dem Rummel, der sich um sie abspielte. Der Lord saß in seiner Loge, und Cardman widmete ihm vor jedem Auftritt eine kleine, kaum merkliche Extraverbeugung. Das war alles.

So zogen sie quer durch den Kontinent, von einer Stadt in die andere. In privaten Kreisen aber setzte man Geld auf Cardman und Ashley unter den verschiedensten Bedingungen. Ob Ashley gewinnen werde, zum Beispiel, oder Cardman noch in diesem oder erst im nächsten Jahr seinen Tieren zum Opfer fallen werde.

1848 gastierte Cardman in Rom. Er hatte für diese Reise ein neues Programm zusammengestellt und arbeitete diesmal mit fünf Löwen und zwei Tigern. Seine abwechslungsreiche Nummer dauerte, ohne jede Pause, fast eine Stunde.

Es muss hier eingefügt werden, dass es in den letzten drei Jahren schon mehr als einmal Situationen gegeben hatte, bei denen der Lord nahe daran war, seine Wette zu gewinnen. Cardman war mehrfach von Prankenhieben getroffen und verletzt worden. Mitunter hatte man den Eindruck, er könne jetzt oder jetzt die Herrschaft über seine Tiere verlieren. Aber bei all diesen Zwischenfällen hatte es sich nicht um direkte Fehlleistungen des Tierbändigers gehandelt, sondern um irgendwelche unvorhersehbare Veränderungen der normalen und gewohnten Gegebenheiten, auf welche die Tiere, mit denen er arbeitete, emotional reagierten.

Höhepunkt des römischen Programms war eines jener Kunststücke, die beim Publikum von alters her die allergrößte Faszination auslösen: Cardman steckte seinen Kopf in den weit geöffneten Rachen seines Löwen, um ihn nach etlichen Sekunden, die für das Publikum zu Ewigkeiten wurden, wieder zurückzuziehen.

Er hatte diese Nummer schon mehrmals in seiner Laufbahn gezeigt, aber der Löwe, mit dem er es diesmal zu tun hatte, war erst kurze Zeit in seinem Besitz und wurde zum ersten Mal zu einer solchen Aufgabe herangezogen.

Als die Musik aussetzte und Cardman sich dem Tier näherte, trat jene geradezu sakrale Stille ein, die allen Zirkussensationen vorausgeht. Der Kopf des Tierbändigers schob sich langsam zwischen die Zähne des Löwen, verharrte sekundenlang und begann sich ebenso langsam wieder zurückzuziehen.

In diesem Augenblick, ehe noch der in solchen Fällen übliche frenetische Beifall einsetzte, hörte man, überdeutlich in der zu Ende gehenden Stille, das Poltern eines Stuhls. Das Geräusch kam aus Lord Ashleys Loge.

Dann setzte der Cardman zugedachte Applaus ein, begleitet von einem Stimmengewirr, das allmählich überhand nahm und auch nicht verstummte, als Cardman den Käfig bereits verlassen hatte.

Inzwischen wurde Lord Ashley in seiner Loge auf dem Boden liegend vorgefunden. Ein Arzt war in wenigen Minuten zur Stelle, konnte aber nur mehr den Tod des Engländers feststellen. Ashleys Herz hatte der Aufregung nicht mehr standgehalten.

In den nächsten Tagen brachten die Zeitungen allenthalben Notizen über das Ende des Lords, referierten noch einmal über die seltsame Wette und wandten sich daraufhin anderen, zeitgemäßeren Themen zu.

Von Cardman bleibt noch zu berichten, dass er nach dieser Vorführung verschwand und niemals wieder auftrat.

Zehn Jahre später machte zufällig ein Journalist seine Bekanntschaft in der französischen Provence, wo Cardman ein weiträumiges Schloss bewohnte und eine Anzahl von Leuten in seinen Diensten standen. Es musste also eine ungeheure Summe gewesen sein, zu der er infolge der Wette durch den Tod Lord Ashleys gekommen war; ihre wahre Höhe blieb sein Geheimnis.

Die Auszeichnung

Als vor ein paar Tagen zwei Männer in meine Wohnung Einlass begehrten, erkannte ich sie wieder. In der langen Zeit seit ihrem ersten Auftreten hatte ich sie völlig vergessen. Doch mit dem Erkennen kam auch meine Erinnerung an eine Angelegenheit, die vor vielen Jahren ihren unvermuteten Anfang genommen hatte und deren Ende mir nie bekannt geworden ist.

Damals waren die beiden Herren bei mir erschienen, grüßten kurz, fanden es aber nicht der Mühe wert, sich vorzustellen.

»Sie müssen uns helfen«, sagte der eine.

»Wieso gerade ich?« antwortete ich überrascht, hatte ich mir doch eher irgendwelche Werbeversuche oder Verkaufsangebote erwartet.

»Sie wissen wo er sich aufhält!« behauptete der andere. »Wir suchen ihn schon die längste Zeit vergeblich.«

Die Männer sprachen mit einer Stimme, die im Einklang stand zum gleichmäßig unpersönlichen Ausdruck ihrer Gesichter. Sie sahen nämlich aus wie unbedeutende, desinteressierte, aber ungemein beharrliche Schalterbeamte.

»Wen meinen Sie eigentlich?« fragte ich möglichst tonlos.

»Stellen Sie sich nicht so an! Sie wissen ganz genau, von wem die Rede ist! Oder leben Sie auf dem Mond?«

Ich reagierte mehr erstaunt als erbost.

»Die Öffentlichkeit ist seit Jahren über das, was er anstiftet, bestens unterrichtet«, erklärte der andere, »und Sie wollen uns weismachen, ihn nicht zu kennen?«

»Aber ich versichere Sie ...«, wollte ich mich damals rechtfertigen, wurde aber brüsk unterbrochen.

»Ausflüchte nehmen wir Ihnen nicht ab«, erwiderte der eine, »wir haben ein gewisses Verständnis für Ihre Skrupel, ja, sicher – aber die Sache ist die, dass wir sozusagen auf Sie angewiesen sind. Ob Sie wollen oder nicht, Sie sind so etwas wie eine Schlüsselfigur und müssen versuchen, Ihre eigene Wichtigkeit in dieser Sache zu erkennen.«

»Aber ich kann wirklich nichts sagen, was für Sie von Interesse sein könnte«, versuchte ich sowohl abzulenken als auch abzuwiegeln.

»Wenn Sie nur eine Spur von Verantwortungsbewusstsein haben«, begann wieder der andere, »müssen Sie uns alles sagen, was Sie über ihn wissen! Alles hängt davon ab, dass wir ihn finden. Solange er frei herumläuft, hört er nicht auf, seine Zweifel unter die Menschen zu streuen. Er verbreitet Unsicherheit und bringt alles durcheinander – ja, schauen Sie nur! Alles, was wir sagen, wird durch ihn in Frage gestellt.«

Und sein Kollege, Partner oder zwillingsähnliches Pendant setzte vehement fort: »Was denken Sie, wenn es ihm eines Tages gelingen würde, die Leute wirklich davon zu überzeugen, dass man die Dinge, ehe man sie akzeptiert, von allen Seiten betrachten muss?! Stellen Sie sich nur vor, wie sich eine solche Fragwürdigkeit fixer Gegebenheiten auswirken würde! Verstehen Sie doch – er gefährdet die Ordnung, und ohne Ordnung ist das Leben jedes Einzelnen ein Risiko, eine unsichere Angelegenheit.«

Auch der andere Mann ereiferte sich immer mehr: »Auf jeden Fall braucht die Menschheit einen festen Standpunkt, wenn sie bestehen soll. Und um diese Standpunkte geht es. Darum müssen wir ihn finden. Er ist nicht irgendwer, sondern eine ernste Gefahr!«

»Glauben Sie uns«, wurde der Zweite noch eindringlicher, »so etwas zieht Kreise und wirkt sich aus auf Politik und Erziehung, auf Kunst und Kultur, und nicht zuletzt auf die Wirtschaft! Bedenken Sie – so eine Entwicklung gefährdet den Wohlstand, das Familienleben und die Zukunft unserer Kinder!«

»Selbst wenn ich wüsste, was Sie wissen wollen, würde ich mein Wissen für mich behalten wollen«, sagte ich jetzt mit großer Entschiedenheit, um einem eventuellen Verrat vorzubeugen.

Mit großer Beharrlichkeit, die einem Warenvertreter zur kaufmännischen Ehre gereichen würde, überhörten die beiden Männer meinen festen Standpunkt.

»Behalten Sie Ihr Wissen nicht so leichtfertig für sich! Es gibt Grenzen der Rücksichtnahme. Sie ahnen gar nicht, was von Ihrer Antwort alles abhängt! Denken Sie nicht nur an sich, denken Sie an die anderen, an die Gemeinschaft.«

»Ich denke, dass mich die Gemeinschaft verachten oder gar ächten würde, wenn herauskommt, dass ich etwas preisgegeben habe, das mich gar nichts angeht und einem anderen vielleicht schadet«, wendete ich ein, ohne noch zu wissen, um wen es sich handelte und ob ich diesen überhaupt kannte.

»Sie bleiben auf alle Fälle eine unbekannte Größe, die niemand kennen wird. Niemand hört Ihre Worte – Sie gehen keinerlei Risiko ein. Und auf unsere Verschwiegenheit können Sie zählen«, entkräfteten die beiden Männer meine Befürchtungen.

Um meine damalige Situation zu verstehen, muss man wissen, dass es eine Zeit der allgemeinen Unruhe war. Was man auch unternahm, man war abhängig von Einflüssen, die zu lenken man keine Möglichkeit hatte. Selbst die Nächte waren voller Gefahren, und Ruhe gab es nur hin und wieder im kurzen Schlaf, aus dem man leicht durch Träume der Angst aufgeschreckt wurde. Also sagte ich damals, was ich wusste.

Nirgendwo las oder hörte ich mehr von einer eventuellen Festnahme des Gesuchten, auch nicht, dass dieser Fall in der Öffentlichkeit diskutiert worden wäre. Die Bevölkerung schien sich der Bedeutung des Geschehenen gar nicht bewusst geworden zu sein, denn staatlicherseits wurde soviel wie nichts unternommen, um diese Angelegenheit aufzuklären. Banal gesagt – das Leben ging weiter, und das sollte es wohl auch.

Vor ein paar Tagen also, standen dieselben zwei Männer wieder vor mir. Sie benahmen sich würdevoll und korrekt, wie damals. In ihren polierten Gesichtern war nicht das geringste Anzeichen dafür zu finden, dass sie mich als den vor vielen Jahren Aufgesuchten erkannten.

Diesmal waren sie gekommen, um mir einen Orden zu

verleihen. Mit derselben feierlichen, keinen Einspruch duldenden Sicherheit, mit der sie mir damals mein Wissen über eine Person entlockt hatten, hefteten sie mir nun eine Auszeichnung an die Brust. Während der eine rasch und geschickt die wenigen Handgriffe verrichtete, sprach der andere einige begleitende Worte, die ich in meiner Verwunderung über das Vorsichgehende nur als Laute ohne Sinn aufnahm. Dann verabschiedeten sie sich.

Heute nun, nachdem ich wieder imstande bin, meine Gedanken zu ordnen, frage ich mich, wofür ich den Orden eigentlich bekommen habe. Sicher ist nur der zweifelhafte Wert dieser Auszeichnung.

Die Verfolgung

Vor dem Unerwarteten ist man nie und nirgends sicher, selbst dann nicht, wenn man sich bemüht, die Grenzen der Gewohnheit nicht zu überschreiten. Wenn man am wenigsten darauf gefasst ist und plötzlich geschieht etwas Überraschendes, dann trifft es einen gewissermaßen mit mehrfacher Wucht. Wie man nachher zu behaupten geneigt ist wird man willenlos und daher sehr leicht vom Sog des Geschehens erfasst. Erst später erwacht man daraus wie aus einer Betäubung.

Mein Spaziergang führte mich durch bekannte Gassen und an vertrauten Häusern vorbei. Ich dachte an Alltägliches und verspürte keinerlei Unruhe. Diese Stimmung änderte sich auch keineswegs durch den Anblick einer Schar von etwa einem Dutzend Personen, die hastig und in sichtlicher Erregung durch eine Seitengasse auf mich zukam.

»Er muss da links hinuntergelaufen sein, zur Brücke ...«, hörte ich eine Stimme rufen.

Die Leute waren jetzt auf gleicher Höhe mit mir, schwärmten nach allen Seiten über die kleine Straßenkreuzung aus und schienen sich für keine Richtung entscheiden zu können.

Jemand fasste mich am Arm.

»Haben Sie da einen Mann laufen gesehen? Mit hellbrauner Hose und rotem Pullover?«

Ich dachte kurz nach, aber mir fiel beim besten Willen nicht ein, einen Mann gesehen zu haben, auf den diese simple Beschreibung passte. Ich hatte nämlich meiner Umgebung keine besondere Aufmerksamkeit geschenkt.

»Kommen Sie«, sagte der Fremde und zog mich fort.

Er hielt mich in der Aufregung wohl für einen, der von Anfang an dabei gewesen zu sein schien. Mir fielen momentan nicht die richtigen Worte ein, um ihn über seinen Irrtum aufzuklären. Auch schien sich die Menge vergrößert zu haben. Ich war jetzt von Menschen umgeben, die mit ernsten, erregten Gesichtern die Straße zur Brücke hinunter eilten.

Wenn ich jetzt, so überlegte ich, meinen ursprünglich vorgesehenen Weg weitergehen würde, könnten die Leute gar falsche Schlüsse ziehen, mich eventuell mit dem, den sie suchten, in Zusammenhang bringen und mir unvorhergesehene Schwierigkeiten bereiten. Ich beschloss also, so weit als unbedingt notwendig, mitzugehen und mich bei bester Gelegenheit von ihnen wieder zu trennen.

Bei der Brücke war niemand zu sehen. Wieder standen alle ratlos herum, aber plötzlich deutete einer in eine bestimmte Richtung und rief: »Dort ist er!«

Ein schon älterer Herr meinte, am besten wäre es, wenn wir uns jetzt teilten und uns dem Verfolgten von verschiedenen Seiten her näherten. Sein ruhig und überlegt vorgebrachter Vorschlag fand allgemeine Zustimmung. Es wurden vier Gruppen gebildet, und mitten in der einen lief auch ich um den Häuserblock.

Ich war neugierig geworden. Was für ein Mensch mochte der Mann sein, hinter dem wir her waren?

Bis jetzt war keine Zeit gewesen, solche Fragen zu stellen. Jeder war viel zu sehr mit der Verfolgung des Flüchtenden beschäftigt. Die anfängliche Menge hatte sich zumindest verdreifacht, jeder, dem wir begegneten, schloss sich uns an, überzeugt, dass man in so einem Falle nicht einfach beiseite stehen dürfe.

Auf einmal hatten wir ihn vor uns. Die Beschreibung stimmte – hellbraune Hose, roter Pullover. Und sein Verhalten ließ erst recht keine Zweifel aufkommen, dass er auf der Flucht war. Er sprang von Haustor zu Haustor, als hätte er auch nur die geringste Chance, auf diese Art unbemerkt zu bleiben. Es war geradezu lächerlich. Er musste ganz verwirrt sein, um zu glauben, er könne noch entkommen.

Wir hatten jetzt keine Eile mehr. Aus allen Seitengassen kamen die Verfolger, schoben sich langsam an den Mann heran, der jetzt endlich einsah, dass er sich nicht mehr retten konnte. Er blieb stehen, lehnte sich mit dem Rücken an die Hausmauer. Sein Gesicht konnte ich nicht sehen, zu viele Menschen hatten sich vor mich gedrängt.

Ich sah nur, wie ein paar Männer auf den Unbekannten zutraten, ihn festhielten und dann fortschleppten. Er leistete keinen Widerstand.

»Was hat er getan?« fragte ich den Mann, der mich gleich zu Beginn der Verfolgung am Arm ergriffen hatte.

»Genaues weiß ich auch nicht ...«

Dann sah ich den Herrn, der zuvor die Menge in Gruppen eingeteilt und damit die Festnahme des Flüchtlings ermöglicht hatte.

»Wissen vielleicht Sie, was der Mann getan hat?« wandte ich mich an ihn.

»Sicher nichts Rechtes!« war seine Antwort. Und er ging, wie wir anderen auch, seinen Weg weiter, als hätte er große Eile und wäre nur wider seinen Willen kurzfristig aufgehalten worden.

Die Teichrose

Nach vielen Jahren der Witwenschaft lernte Frau Elfriede E. im Botanischen Garten einen Herrn kennen, als beide zufällig gleichzeitig eine aufgeblühte gelbe Teichrose betrachteten. Ohne viel miteinander geredet oder irgendeine Vereinbarung getroffen zu haben, begegneten sie sich schon nach kurzer Zeit wieder und später regelmäßig, und zwar in jenem Teil des Parks, wo sie sich zum ersten Mal gesehen hatten.

Dieses dosierte Nebeneinander von fremdländischen Gräsern, Blumen und Sträuchern, alle und alles korrekt auf lateinisch beschriftet, dieses grüne Reservat wurde an Sonntagnachmittagen fortan ihr Freiluftdomizil.

Über das unselige Ende ihres Seligen sprach die Witwe nur selten. Seit mehr als sechs Jahren war niemand mehr da, der ihre große und geräumige Wohnung verlebendigen konnte, niemand, der durch die blank geputzten Zimmer gehen, auf den staubfreien Stühlen sitzen oder die polierten Kastentüren öffnen und schließen würde. Dies alles ist für sie allein vorhanden. Sie kennt jeden Winkel und hat sämtliche Sachen schon hundertmal in der Hand gehabt und um- und umgedreht, ist nach dem Reinemachen immer wieder vor derselben selbstverfertigten, pedantischen Ordnung gestanden.

Die Witwernschaft des Herrn vom Botanischen Garten dauerte schon um einige Jahre länger als die ihre und dementsprechend entfernter waren auch seine Erinnerungen an das vergangene Eheleben. Deshalb erwähnte er in seinen Erzählungen kaum etwas von seiner verstorbenen Frau.

Die Bekanntschaft zwischen den beiden währte nun schon mehrere Jahreszeiten. Eigentlich eine lange Zeit, wenn man Tag an Tag aneinanderreiht, aber nicht viel, wenn man die kühlen und kalten Monate wegrechnet und alles auf ein paar vom Wetter begünstigte Sonntagnachmittage reduziert.

Der Witwer kam jedes Mal mit einem Pack Zeitungen unter dem Arm angerückt, zitierte mit Vorliebe aus dem lokalen Geschehen. So wenig die Witwe an Einzelheiten interessiert war, so sehr schätzte sie seine konservativen Kommentare. Sie hatte meistens eine Handarbeit bei sich. Was das in Arbeit befindliche Ding werden oder wofür es gehören sollte – darüber verweigerte sie jegliche genauere Auskunft.

Ganz selten, wenn sich die beiden vor dem schmiedeisernen Tor verabschiedeten und sich jeder in eine andere Richtung entfernte, schien es, als wollten sie noch etwas mehr als bisher sagen. Vor der Heimkehr in die Einsamkeit wurde ihnen meistens die Bedeutung der wenigen, gemeinsam verbrachten Stunden bewusst. Die Angst vor der sonntäglichen Öde war es, welche sie zusammengeführt hatte, und die Angst vor der Rückkehr in die Öde drängte sie in Ansätzen zu etwas, das ausgesprochen werden wollte ...

Eines Sonntags, als die gelbe Teichrose wieder einmal blühte und die zwei Bewunderer davor saßen und ins sumpfige Wasser schauten, legte die Witwe ihre unfertige Handarbeit beiseite und sagte ganz unvermittelt, dass ihre gemeinsamen Parkbesuche nun wohl ein Ende nehmen müssen, weil sie zu heiraten gedächte. Der Witwer sprach eine Weile gar nichts. Dann fragte er, wie sie zu dem schnellen Entschluss gekommen sei, worauf sie erklärte, dass von Schnelligkeit keine Rede sein könnte, sondern die Sache selbstverständlich die übliche lange Entwicklung gehabt hätte. Er empfand es als einen Vertrauensbruch, da sie ihn längst schon von einer solchen Veränderung hätte unterrichten können, zumal sie sich nun schon so lange kannten.

Die Witwe nahm wieder ihre Handarbeit auf und versicherte ihm, dass sie nicht gewusst habe, dass er ein solches Interesse an ihren persönlichen Problemen gehabt hätte. Genau genommen, sagte der Witwer, treffe sich das aber gut, denn gerade heute hätte er die Absicht gehabt, ihr etwas mitzuteilen, was ebenfalls einem Ende ihrer gemeinsamen Sonntagnachmittage gleichkäme. Jetzt falle es ihm leichter, als er es erhofft hätte.

Er gedenke zwar nicht zu heiraten, aber er habe schon seit Jahren den Wunsch gehabt, eine Weltreise zu unternehmen und darauf gespart.

Die Witwe legte hierauf ihre Handarbeit abermals beiseite, während er sich in seine Sonntagszeitungen vertiefte.

Nachher, beim schmiedeeisernen Tor, verabschiedeten sie sich wie immer. Keine Minute länger. Sie kamen auch nie mehr zurück zu den lateinisch beschrifteten Gräsern, Blumen und Sträuchern. So erfuhr die Witwe nie, ob nicht auch er gelogen hatte.

Aus unreflektierten **Kritiken**

Wer seine Fähigkeit, in Fantasien wie in Wirklichkeiten zu leben, bis ins hohe Alter zu retten vermag, wird dann meist vor den Ernüchterungen erschrecken.

Die Hintergründe der Pathographie

Wir haben es heute mit einer in den letzten Jahrzehnten entstandenen und trotzdem schon recht fruchtbaren Literaturgattung zu tun, die es sich zur eindeutigen Aufgabe gemacht hat, uns über das Leben längst verstorbener Künstler aufzuklären, und zwar nicht in gewohnter, althergebrachter biographischer Form, sondern von einer neuen, ganz bestimmten Warte aus. Sie beschäftigt sich vorwiegend, ja eigentlich ausschließlich mit der Pathologie berühmter Persönlichkeiten.

Wir erfahren da, wenn auch zum hundertsten Mal, noch einmal alle Details über Nietzsches syphilitische Erkrankung – und, in diesem Zusammenhang, die frohe Botschaft, dass es neuesten Forschungen auf diesem Gebiet gelungen ist, auch bei Schubert, wenn auch verspätet, für diese Krankheit typische Symptome festzustellen – wir werden noch einmal mit Gerhard Hauptmanns Vorliebe für französischen Sekt konfrontiert und ebenso ausführlich über Trakls Schwesternliebe, Heines folgenschwere Ausschweifungen und Beethovens Verdauungsbeschwerden informiert, die ihn jedes Steinobst und alle Arten von Hülsenfrüchten meiden ließen.

Nun würde es wohl niemanden einfallen, ähnliche Betrachtungen auch über Vertreter diverser anderer Berufe anzustellen; niemand hat ein überschwängliches Interesse daran, ob der wegen eines Wasserrohrbruches herbeigerufene Installateur zufällig an chronischen Magengeschwüren und infolgedessen an regelmäßig wiederkehrenden Depressionen leidet – ob der Magistratsbeamte, bei dem man um Stempelmarken vorzusprechen gezwungen ist, in der prägenitalen Phase seiner seelischen Entwicklung stecken geblieben ist und sich aus diesem Grund ausschließlich zu reifen Frauen hingezogen fühlt, worunter wieder seine Ehe leidet, oder ob der Chirurg, der infolge seiner Diensteinteilung dazu verpflichtet ist, einem den entzündeten Blinddarm zu entfernen, wegen einer übergangenen Erkältung, die er sich während seiner Studentenzeit zugezogen hat, bei jedem Wintereinbruch von einem äußerst unangenehmen Blasenkatarrh geplagt wird.

Aber natürlich gibt es da gewisse Unterschiede, die ein so intensives Wühlen im Intimbereich bis zu einem gewissen Grad rechtfertigen mögen. Künstler – und hier besonders die Verstorbenen erregen nun einmal unser Interesse in höherem Maße als Menschen, mit denen wir Tag für Tag aus diesem oder jenem Anlass zusammenkommen. Wenn wir also nicht gerade den feuchten Fleck in der Mauer entdecken oder die ersten Schmerzen im Unterleib rechts verspüren, neigen wir zweifellos dazu, der Behebung eines Wasserrohrbruchs und selbst der Entfernung eines Blinddarms weniger kulturelle Bedeutung beizumessen als der vielschichtigen Komposition einer Sinfonie.

Daher ist auch gegen Künstlerbiographien nicht das Geringste einzuwenden, ja sie haben, wie wir wissen, zu allen Zeiten beim lesenden Publikum ungemeinen Anklang gefunden. Und dass solche Lebensbeschreibungen nicht nur dazu da sind, ihre Figuren zu verherrlichen und nach der rosaroten Seite hin zu entstellen, sondern, nebst der Lieferung von Tatsachen, auch die Aufgabe der kritischen Analyse haben, hat sich spätestens seit Suetons »Cäsarenbilder« herumgesprochen.

Aber was bei den Vertretern der eingangs erwähnten Literaturgattung – der wir nun endlich, der Umschreibung überdrüssig, einen ihr halbwegs adäquaten Namen geben wollen, zum Beispiel »Pathographie«, weil in ihren Äußerungen das Pathologische mit dem Biographischen eine so deutliche Fusion eingegangen ist – auffällt, ist die Tatsache, dass sie ein sehr beschränktes, eingeengtes Bild liefern von dem, den sie beschreiben, und sich vielmehr mit seinen psychischen und physischen Mängeln beschäftigen.

Wenn, um die Anzahl der Beispiele einzuschränken, Herr Beethoven unter Verstopfung gelitten hat, und Herr X., der über Herrn Beethoven schreibt, an demselben Übel leidet – welches ja auch nicht besonders selten ist – dann, so behauptet Herr X., ist Herr Beethoven ein Mensch wie du und ich gewesen und somit der ihm entgegengebrachten Bewunderung nicht wert. Das und nichts anderes will Herr X. mit seinen Untersuchungen über Beethoven ausdrücken.

Dem ist aber nicht so. Was Bewunderung erregt, ist ja nicht Beethovens Verdauungsapparat, sondern seine Kompositionen. Und wenn Herr X. meint, mit dem Aufzeigen der Fehler der von ihm interpretierten Figur die letztere auf sein eigenes Niveau heruntergeholt zu haben, dann irrt er; denn gemeinsam ist ihnen höchstens die Stuhlverstopfung, auf Seiten des anderen aber bleibt immer noch ein Plus von neun Sinfonien, fünf Klavierkonzerten, einem Violinkonzert, einer Oper, zwei Messen, zweiunddreißig Klaviersonaten, sechzehn Streichquartetten.

Und das sind nur die Hauptwerke.

Die reale Märchenwelt

Ferdinand Raimund wurde weder als Schauspieler noch als Dichter verkannt; das ändert aber nichts daran, dass besonders seine Stücke oft und gern, und zwar bis heute, in einem falschen Lichte gesehen werden. Mag sein, dass die Tatsache, dass Raimund ursprünglich den Zuckerbäckerberuf erlernte, das Ihre dazu beitrug, Person und Werk der Nachwelt gegenüber mit einem Zuckerüberguss zu versehen, der mitunter versteckt hält, was sich darunter in Wahrheit verbirgt.

Nicht selten diente Ferdinand Raimund einer falschen Operettenromantik als Aushängeschild, verfilmte Storys aus seinem Leben verdarben das Bild noch gründlicher, und selbst dem Heurigenlied musste er, den es Zeit seines Lebens, und das nicht nur auf der Bühne, zur Tragödie hinzog, immer wieder als Sujet herhalten. So kommt es, dass gerade in unserer Zeit, in der man sich so gern hart und gefühlskritisch gibt – obwohl diese vorgebliche Einstellung den Dingen gegenüber einer näheren Untersuchung wert wäre und sicher nicht ganz unbeschädigt aus einer solchen hervorginge, dass gerade heute Raimunds Stücke als Romantik »von vorgestern« abgetan werden. Zu Unrecht, wie eine vorurteilslose Betrachtung beweist.

Ferdinand Raimund hat acht Theaterstücke hinterlassen. Er schrieb sie nicht, weil es ihn zur Dichtkunst hinzog – im Gegenteil, er wehrte sich bis zuletzt gegen die Forderung seiner Freunde, es doch einmal mit einem selbstgeschriebenen Stück zu versuchen. Ausschlaggebend war schließlich, dass er mit den eingereichten Manuskripten, die ihm als Schauspieler in die Hände kamen, unzufriedener wurde, und da er dabei immer mehr an eigenen Versen, Szenen und Dialogen zusetzte, entstand aus dem Verdruss darüber der Entschluss zu einem eigenen Versuch; so entstand der »Barometermacher auf der Zauberinsel«, wobei der noch recht unsichere Autor bei seiner damals üblichen »Einladung« zwar den Komponisten, den Tanzmeister, die Dekorationsmaler und den Maschinenmeister, nicht aber den Verfasser nannte. Trotzdem wusste ganz Wien, dass der beliebte Schauspieler mit diesem Stück unter die Theadichter gegangen war. Dafür hatte schon Bäuerles vielgelesene Theaterzeitung gesorgt.

Natürlich hatte sich Raimund schon vorher literarisch betätigt. Er hatte Gedichte geschrieben, die allerdings hauptsächlich dadurch bemerkenswert waren, dass sie von einem ähnlich starken Nachahmungstalent, wie es der Schauspieler Raimund am Anfang seiner Laufbahn gegenüber den Größen des Burgtheaters bewiesen hatte, zeugten, ferner Theaterreden zu verschiedenen Anlässen, und nicht zuletzt hatte er an den Stücken, in denen er auftrat, fleißig mitgewirkt, was manchmal soweit ging, dass er dem bekannten Kapellmeister Wenzel Müller eigene Melodien mit den dazugehörigen Texten »aus dem Kopf« vorsang.

Eines jedenfalls war von Anfang an seinen eigenen Stücken gegeben: sie entstammten der Routine des Theatermannes. Und so ist es auch zu verstehen, dass sie sofort ihr Publikum fanden, Raimunds Publikum nämlich, jene Leute, die ihn seit Jahren kannten und bewunderten, und mit denen er einen Kontakt hatte, wie er zwischen Schauspieler und Publikum nur in jener theaterbegeisterten Zeit vorstellbar war; nicht umsonst hat Grillparzer, den Raimund sehr schätzte, gemeint, das Publikum habe an dessen Stücken genausoviel Anteil wie der Autor selbst.

Raimunds sämtliche Werke sind Zauber- oder Märchenspiele. Schon diese Bezeichnungen irritieren oft und führen zu den eingangs erwähnten Missverständnissen. Das Zauber- und Märchenspiel basierte zu Raimunds Zeiten auf einer Tradition, ohne die das Volkstheater einfach nicht auskommen konnte. Das Über- und Außerirdische war äußere Form, aber gerade diese Form wieder war Realität, künstlerische Realität nämlich, wie sie sich in den Bauwerken und Skulpturen des Barocken niederschlug und auf Schritt und Tritt auf den Plätzen und in den Parks zu sehen war. Wasserspiele, Feendarstellungen, Bezüge zum Antiken, Moralgewinnung aus Märchenpointen – das alles wieder gehörte zum künstlerischen und künstlerisch interessierten Alltag.

Es war, im Grunde genommen, die über die Pubertät gerettete kindliche und auch noch jugendliche Vorstellungsfähigkeit, die hier und auf diese Weise zum Ausdruck kam. Und dieser Vorstellungskraft den durchaus realen Hintergrund abzusprechen, würde wohl niemandem einfallen. Nur heute, wo wir uns ziemlich weit von den geistigen Wurzeln dieser Art entfernt haben, fällt ein Nacherlebnis sehr schwer. Das spricht aber eher gegen unsere Unfähigkeit zur originalen Emotion als gegen die vorhandenen Realitäten in den damaligen »Märchenwelten«.

Raimund brauchte also für seine Stücke keine neue Form zu finden, er hatte sie parat, er hatte ja jahrelang in Stücken, die nach solchen Normen gebaut worden waren, gespielt; was aber seine Größe ausmachte, war der Umstand, dass er etwas Neues aus dem Vorhandenen schuf, dass er die Zauberposse und das Märchenstück, besonders in seinen reifsten Stücken »Der Alpenkönig und der Menschenfeind« und »Der Verschwender«, aus der beschränkten lokalen Bedeutung zur Allgemeingültigkeit erhob. Dieser von ihm vorgenommene Veredelungsprozess war es, der einige spätere Betrachter seines Wirkens bewog, ihn mit Shakespeare und Moliere zu den drei größten Theaterdichtern zu zählen.

Es gibt aber noch andere, deutlichere Kriterien, die die Realitätsbezogenheit von Ferdinand Raimunds Stücken beweisen. Da sind einmal die Volksszenen, die in allen seinen Werken quasi das Gerippe ausmachen. Sie zeigen, dass Raimund viele seiner Dialoge den Leuten »vom Maul abg'schaut« hat. Raimundforschern war es auch gar nicht schwer, die realen Vorbilder aufzuspüren.

Jenes für die Szene in der Köhlerhütte (»Der Alpenkönig und der Menschenfeind«) wurde in Gutenstein gefunden; das alte Weib im »Verschwender« aber lebte, zumindest in ähnlicher Form, in Gaaden. Beides ist kein Zufall, waren doch die Gegenden um Gaaden und Gutenstein gerade jene, die Raimund sehr liebte und immer wieder besuchte. Er war ja überhaupt ein naturbegeisterter und ausdauernder Wanderer.

Wenn man von der Wander- und Naturbegeisterung des Biedermeier liest, darf man nicht vergessen, dass es damals üblich war, ausschließlich im Sommer dieser Leidenschaft zu frönen; Raimund bildete da eine Ausnahme, denn er bestieg die Berge seiner heimatlichen Umgebung auch in den Wintermonaten, was ihm nicht zuletzt den Ruf eines Sonderlings eintrug. Dabei ist bewiesen, dass er, der gesellschaftlich stets mit Kontaktschwierigkeiten zu kämpfen hatte, sehr gut mit den einfachen Menschen, die er auf seinen Wanderungen traf, umzugehen wusste. Und dass er ein »G'spür« für ihre Sorgen und ein Ohr für ihre Sprache hatte, das zeugen seine Volksszenen wie bei keinem anderen Dichter dieses Genres seiner Zeit.

Auch politische Spitzen gab es in Raimunds Stücken etliche; sie wurden, wie etwa im Kabarett, von einem Mal zum andern verändert und sind, da oft extemporiert wurde, in den Werkausgaben nicht mehr enthalten.

Darüber hinaus brachte Raimund zweifellos das auf die Bühne, was man heute die Soziologie seiner Zeit nennen würde. Das Leben in der Familie und das in der Gesellschaft sind eigentliche Themen seiner Handlungen, die Feenwelt aber, wie erwähnt, die traditionelle Form für den Inhalt. Die Abhängigkeit von der Realität geht so weit, dass auch hier tatsächliche Vorbilder gefunden werden konnten; »Der Verschwender« zum Beispiel beruht auf dem Schicksal eines Mannes aus Raimunds Bekanntenkreis.

Sieht man genau hin, so erkennt man, dass erst die Nachwelt Raimund zum typisch biederen Biedermann gemacht hat. In seinen Stücken ist nichts von dieser erst später interpretierten Gemütlichkeit zu spüren, wie ja das Biedermeier tatsächlich durchaus nicht jene »gute alte Zeit« war. Soziale Nöte und menschliche Unzulänglichkeiten, das sind Raimunds Anliegen, und unter Schwierigkeiten der letzteren Art hat er ja auch am meisten gelitten. Dass er seinem Leben keinen so versöhnlichen Schluss geben konnte, wie er das in den Stücken praktizierte, war eine persönliche Tragik.

Dass Raimunds Stücke, und zwar alle acht, im wahrsten Sinne des Wortes »gut« enden, hat seinen Grund nicht nur darin, dass ein solches Positivum zum Volksstück der damaligen Zeit gehörte. Für Raimund war es wohl auch eine Überzeugungssache. Anders als Nestroy, der die Bitterkeit des echten Satirikers besaß, glaubte er, dass ein Zerfall der Ordnungen, der sich ja auch im tiefsten Biedermeier für ein weniger naives Gemüt, als es Raimund besaß, ankündigte, zu verhindern wäre, wenn das sogenannte »Gute im Menschen« mobilisiert und zum Durchbruch gebracht werden würde. Er hat sich letzten Endes darin getäuscht, aber er teilte damit nur das Los zahlreicher anderer Dichter zu allen Zeiten, denn es ist gar nicht so lange her, da zählte es noch zu den nobelsten und selbstverständlichsten Aufgaben des Dichters, am Bestand der Ordnungen mitzuarbeiten. Nestroy erkannte diesen Auftrag so gut wie Raimund, aber während Nestroy zugleich die Ausweglosigkeit sah und mit schonungsloser Kritik reagierte, versuchte Raimund, von weitaus einfacherer Natur, immer wieder in seinen Stücken das Publikum neben der Unterhaltung auch zu belehren und auf den Weg zu führen, der ihm der einzig richtige schien. Dies ist umso bemerkenswerter, als Raimund in seinem privaten Leben mit den meisten Menschen seiner Umwelt die schlechtesten Erfahrungen gemacht hatte. Er wurde krank vor Enttäuschungen, sah keinen Ausweg aus seiner Trostlosigkeit, aber in seinen Stücken, für sein Publikum, suchte und fand er doch immer wieder einen.

Als Ferdinand Raimund Selbstmord beging, starb mit ihm ein Moralist, der die Unzulänglichkeit der Wirklichkeit wohl gesehen, aber sein Heil nicht in der Zerstörung, sondern in dem Versuch, zu retten, was noch zu retten war, gefunden hatte.

Theater – eine moralische Anstalt?

Es ist ein Kriterium unserer Zeit, dass übernommene Werte und Formulierungen mit Vorliebe abgelehnt, negativ beurteilt oder zumindest in Frage gestellt werden. Dieser Vorgang ist nicht einfach als Modeerscheinung, als kulturelles Zugeständnis an einen aufrührerischen Zeitgeist abzutun, er hat vielmehr seine Berechtigung, da in einer Gesellschaft, die so hektischen inneren und äußeren Veränderungen unterworfen ist wie die unsere, auch geistige Formen sich mehr oder weniger berechtigte kritische Überprüfungen gefallen lassen müssen. Da aber Werturteile, fast wie Gewohnheiten, in ihrem Funktionieren meist äußerst zäh sind, kommt es in der Kunst sehr oft zu dem Paradoxon, dass der Künstler gegen die Welt, die er repräsentiert, Sturm läuft, und zwar mit Mitteln und Möglichkeiten, die durchaus an Traditionen gebunden sind.

In seinem Aufsatz »Die Schaubühne als eine moralische Anstalt betrachtet«, den er 1784 in der kurfürstlichen deutschen Gesellschaft verlas, formulierte Friedrich Schiller Sinn und Aufgabe des Theaters: Seinem Essay nach kam es darauf an, Menschen und Handlungsweisen auf der Bühne in ihrer wahrhaftigen Hintergründigkeit darzustellen. Dem Zuschauer sollte die Welt, in der er lebte, bar jeder verlogenen Beschönigung und sittlicher Phraseologie, als Beispiel oder Mahnung vorgeführt werden. Genau genommen kam es dem »Räuber«-Autor darauf an, die Wahrheit auf die Bühne zu bringen:

»Eine merkwürdige Klasse von Menschen hat Ursache, dankbarer als alle übrigen gegen die Bühne zu sein. Hier nur hören die Großen der Welt, was sie nie oder selten hören – Wahrheit; was sie nie oder selten sehen, sehen sie hier – den Menschen.«

Nun bringt eine Auseinandersetzung mit Begriffen wie »Wahrheit« und »Wirklichkeit« auf jeden Fall einen Wust von Schwierigkeiten mit sich; von menschlichen Gehirnen gedacht und interpretiert, abhängig von Zeitgeist, Überlieferungen, modischen Einflüssen und momentanen psychischen Reaktionen des Einzelnen – so verfällt notgedrungen jeder fixe Begriff verschiedenen Auslegungen, es kommt zu »Ansichten« über ihn, und aus der ursprünglich einen und einzigenWahrheit werden mehrere. So gesehen aber, trennen den Klassiker vom Expressionisten der Zwischenkriegszeit und diesen wieder vom Provokateur des gegenwärtigen Action Theatre nicht, wie so gern gesagt wird, »Welten«, sondern einfach ihre an Zeit und Umwelt orientierten Überzeugungen. Solange aber versucht wird, diese Überzeugungen einem Publikum mit Hilfe von Gestikulation, Mimik und Sprache vorzuführen (wobei es auf die Beschaffenheit, ja sogar das Vorhandensein einer Bühne im üblichen Sinn gar nicht ankommt; die Schillersche »Wirkung der Schaubühne« wird durch Kaffeehausinterieur oder eine zufällig vorhandene und eigentlich ganz anderen Zwecken gewidmete Freiluftstiege nicht im geringsten beeinträchtigt), so lange bleibt das Theater, und zwar für Akteure und Zuschauer, »moralische Anstalt«.

Es ist meist nur die Angst vor pompösen Worten, die

uns oft diese oder jene Benennung ablehnen lässt; die Nichtigkeit zu vieler Phrasen wurde in den letzten Jahrzehnten aufgedeckt, und das Resultat dieser Entwicklung ist ein wohlbegründetes Misstrauen gegenüber »großen Tönen«. Im Grunde aber hat sich das moderne Theater von seinem herkömmlichen Zweck nicht entfernt. Theater war immer Provokation, war immer der Versuch, Menschen dazu zu bringen, dass sie ihre geistige Trägheit ablegen und sich von der Gewalt eines Geschehens oder Wortes erschüttern lassen.

Wenn Brecht mit seinem epischen Theater den Zerfall der bürgerlichen Welt manifestierte, wenn Wedekind mit intellektuellen Grotesken wider die verlogenen Sexualtabus seiner Zeit und Gesellschaft Stellung bezog (wobei er sicher nicht ahnte, welche kompletten »Oben-ohne-Folgen« eine diesbezügliche Befreiung in einer manipulierten Konsumgesellschaft nach sich ziehen kann), Beckett die Ausweglosigkeit des einzelnen und zugleich das Verzweifeln an diesem Zustand darstellt und Handke etwa am Beispiel der gedankenlos missbrauchten Sprache den völligen Verlust einer für das Funktionieren jeder Gesellschaftsform unumgänglich notwendigen Allgemeinverbindlichkeit beweist ... Was sind das anderes als moralische Anliegen, durch das Medium »Theater« gefiltert und in ein absichtlich aufgestörtes Publikum gepfeffert?

Brecht hat verfremdet, um zum Mitdenken zu zwingen; inzwischen hat sich gezeigt, dass das gar nicht so leicht erreicht wird. Selbst Publikumsbeschimpfungen treffen meist nicht den, auf den sie gezielt waren.

Auseinandersetzung mit der Gesellschaft – und um die geht es ja, wo von ernst zu nehmendem Theater die Rede ist – hat oft mit Zuständen zu tun, die nicht ihrer edlen Tendenzen, sondern vielmehr ihrer Schmutzigkeit wegen erwähnt und abgehandelt werden müssen; nun ist es wahr, dass es Autoren gibt, die Talent und Begabung dazu verwenden, diesen Schmutz einfach aufzurühren.

Das hat es immer gegeben und kann zu mehr oder minder stark auftretenden Begleiterscheinungen verwiesen werden. Daneben aber gibt es im Kunstbetrieb eine breite Konsumenten- und Interessentenschicht, die das Wort »Moral« einfach vor sich herschiebt, um sich jede Konfrontation mit unliebsamen Wahrheiten zu ersparen. Von diesen Leuten ist es aber einfach lächerlich, wenn sie sich auf eine vorgebliche »Sauberkeit« des traditionellen Theaters berufen, denn gerade jene oben erwähnte Konfrontation war ja, um noch einmal Schiller zu erwähnen, Aufgabe der Schaubühne.

Es wird heute, und zwar auf allen Gebieten, sehr viel von der Schnelllebigkeit unserer Zeit und von der Hypothese, dass sie sich »im Umbruch« befinde, gesprochen. Eine solche Situation muss sich auf die geistige Produktion auswirken. Es kommt zu einer Vielfältigkeit und Vermischung nicht nur der Formen, sondern auch der Themen. Im Bereich des Theaters sieht das dann so aus, dass Überliefertes mit neuen Mitteln neben orthodox durchgeführten Experimenten steht, dass ein und dasselbe Ensemble durch die ganze Skala möglicher Darstellungsformen gejagt wird, und anderseits manche

Schauspielgruppen ihre Fähigkeiten an ein und demselben Objekt ausleiern. All das aber ist Ausdruck jener Unsicherheit, unter der heute unser gesamtes geistiges, intellektuelles und künstlerisches Leben leidet. Ein Abweichen von der einst erhobenen Forderung an das Theater ist darin nicht zu sehen.

Woher kommt dann die ziemlich weitverbreitete Meinung, dass das Theater seine Funktion als moralische Anstalt weitgehend eingebüßt habe? Vor allem wohl aus dem Mißverstehen des Wortes »moralisch«. Das Verneinen gegebener Umstände wird nämlich allzu oft als »unmoralisch« bezeichnet, obwohl gerade die jüngste Vergangenheit beweist, wie durch und durch wertlos ein genormtes Jasagertum sein kann. Wenn die Leute in ihren gewohnten Theatersälen vor Stücken aus vergangenen Jahrhunderten sitzen, dann sagen sie allzu leicht: Das ist Theater! Aber das macht der Abstand aus, den wir von diesen Stücken und dem, was sie darstellen, haben. Es wird dann vom »reinen Kunstgenuss« gesprochen und ganz vergessen, dass Nestroy Zeitsatiren, Raimund in Märchen verpackte Gesellschaftskritiken und Schiller revolutionäre Dramen schrieben. Man lernt das zwar in der Schule, aber es bleibt allzu oft nur gelerntes Wissen. Molière auf dem Burgtheater wirkt »köstlich«; er war und ist aber etwas anderes, er zeigte und zeigt den Menschen in seinen banalen Lächerlichkeiten und in seinen Schwächen.

Von ihm zum Pessimismus Dürrenmatts, zur Ironie Giraudoux' oder der Skurrilität eines Havel führt kein weiter Weg; sie befinden sich auf einer imaginären

Linie. Es ist bloß so, dass man über einen Witz, der vor hundert Jahren eine Person oder einen Personenkreis empfindlich traf, heute bequem lächeln kann. Die Getroffenen aber haben zu jeder Zeit aufgeschrieen: Wo bleibt da die Moral! Und sie haben zu jeder Zeit stante pede die Meinung vertreten, das Theater sei zur Unterhaltung da und zu sonst nichts.

Da man aber einem großen Teil von Autoren und Schauspielern den ernsten Willen nicht absprechen kann, Welt und Leben so wahr und wirklich, wie sie sie zu sehen vermögen, darzustellen, muss der Begriff »Theater als moralische Anstalt« prolongiert werden; selbst wenn die einen (unter den Künstlern) dies oft gar nicht wollen – und die anderen (im Publikum) es mitunter bestreiten.

Eine literarische Spezialität

Am 18. Jänner 1800 wurde erstmals eine Zeitungsseite durch einen Querstrich unterteilt. Diesen Strich zog der Abbé Geoffroy in dem von ihm herausgegebenen Pariser »Journal des Debets«, und er war es auch, der die unter diesen Strich gesetzten Theaterkritiken fortan »Feuilleton«, das heißt »Blättchen«, benannte. Der einmal formulierte Begriff setzte von Jahr zu Jahr Substanz an. Und bald war die Theaterkritik nur mehr ein winziger Bestandteil feuilletonistischer Ausdrucksform und -möglichkeit.

Lange Zeit blieb das Feuilleton eine rein französische Angelegenheit, belletristischer Ableger eines äußerst regen Interesses für die Enzyklopädisten und ihre Arbeit. Das Feuilleton nämlich hatte seine Wurzeln im aufklärerischen Wissensdrang, in dem Wunsche, sich zu informieren. Historische, wissenschaftliche und menschliche Probleme und Kuriosa rückten hier in den Mittelpunkt der Darstellung. Diese neue kleine Form der Prosa ermöglichte es, über alles zu schreiben und zu allem Stellung zu nehmen. Darüber hinaus war man bemüht, stets leicht fasslich und allgemein verständlich zu schreiben. Ein Essay zu studieren erforderte mitunter spezifische Kenntnisse und war auf jeden Fall mühevoll – ein Feuilleton konnte jeder lesen. Das Thema des Feuilletons konnte noch so schwierig sein, es wurde so gebracht, dass der Leser sich bei der Lektüre unterhalten, bilden, erfreuen oder ereifern konnte.

Die Jungdeutschen transferierten dann das Feuilleton in den deutschsprachigen Raum, und einer ihrer bedeutendsten Köpfe, Ludwig Börne, war einer der ersten, der bewies, dass das Schreiben eines Feuilletons eine durchaus ernst zu nehmende Kunst ist. Eine Kunst, die vorwiegend in Zeitungen und Zeitschriften zum Abdruck kam. Eine Kunst für einen Tag. Wenn ein Feuilleton vierundzwanzig Stunden überlebte, bewies das seine Qualität.

Kein Wunder also, dass das Feuilleton nach Wien kam, als hier das Zeitungswesen florierte. Am 1. Jänner 1848, in der »österreichisch-kaiserlich-privilegierten Wiener Zeitung«, wurde der bewusste Strich vollzogen. Es erschien ein Feuilleton über das Feuilleton. Und mit den ersten Zeilen zeigte sich, dass das Feuilleton zwar in Frankreich beheimatet war und lange genug gebraucht hatte, um an die Donau zu kommen, dass es aber durchaus eine wienerische »Erfindung« hätte sein können.

Von Anfang an war das Wiener Feuilleton so etwas wie eine literarische Spezialität, die in dieser Form nur hier wachsen und gedeihen konnte. Und sie wuchs und gedieh außerordentlich. Die herkömmliche Theaterkritik, Ursprung und Anfang, wurde zwar nicht vernachlässigt, sondern bis zu einzelnen Spitzenleistungen, wie man sie später etwa bei Alfred Polgar findet, weiter entwickelt. Darüber hinaus aber wurde das Feuilleton zum Spiegel seiner Zeit; zum Reflektor en miniature wienerischen Wesens und Seins. Das reicht von der historischen Betrachtung bis zur Landschaftsbeschreibung, von der Erwähnung aktueller Tagesereignisse bis zur Persönlichkeitswürdigung, von der bissigen politischen Satire bis zur gemütvollen Darstellung weitverbreiteter Lebensgewohnheiten. Dem Feuilleton waren keine Grenzen gesetzt. Wer einen Jahrgang dessen liest, was damals in Wien unter dem Strich geschrieben wurde, hat eine komplette Chronik dieses Zeitabschnittes vor sich.

Wüssten wir heute noch etwas von den zahllosen, nur in Wien zu findenden menschlichen Typen aus jener Zeit, wenn nicht die Feuilletonisten sie verewigt hätten? Und wo sonst, wenn nicht in den vom »seriösen« Zeitungsteil getrennten Spalten, ist der Altwiener Dialekt in so reichem Ausmaß am Leben erhalten geblieben?

Es würde zu weit führen, wollte man die Namen auch nur der bekanntesten Feuilletonisten aufzählen. Es herrschte ein ungeheurer Bedarf an solchen Literaten, und es spricht für die künstlerische Kapazität Wiens, dass dieser Bedarf tatsächlich Tag für Tag gedeckt werden konnte – und das Wiener Feuilleton doch nie an Niveau verlor.

Das Wiener Feuilleton kam nicht nur vom Französischen her. Es hatte auch eigene, bodenständige Ausgangspunkte. Da waren vor allem die zahlreichen Witzblätter mit ihren Dialogen und Monologen, aus denen sich mit der Zeit etwas entwickelte, das man beim Theater »stehende Figuren« nannte. Eipeldauers Briefe an den Vetter in Kagran zum Beispiel kann man genauso gut zu den Vorläufern des Feuilletons zählen wie etwa die sprachlich blendenden, jeweils im »Humorist« abgedruckten gesellschaftlichen Satiren Saphirs. Und beim Lesen etlicher Feuilletons wird einem klar, dass sie nur entstehen konnten in einer Stadt, deren Menschen bereits durch Nestroys Witz »trainiert« waren.

Verbunden einzig durch die gemeinsame literarische Kunstform, waren Wiens Feuilletonisten doch ihrer ganzen Art nach grundlegend voneinander verschieden. Ferdinand Kürnberger, zum Beispiel, frappierte sowohl durch seinen prägnanten, einmaligen Stil als auch durch die ungewohnte Schärfe seiner Attacken gegen Unzulänglichkeiten und Missstände des öffentlichen Lebens; für ihn war das Feuilleton ein Kampfmittel in der Auseinandersetzung mit der Gesellschaft, und seine Schriften waren es auch, die ihm einen mehrjährigen Landesverweis eintrugen.

Anders Friedrich Schlögl, der großartige Schilderer des Wiener Lebens. »Wienerisches«, »Wiener Luft«, »Wiener Blut« – so betitelte er seine Sammelbände, und darin ist über alles zu lesen, was es in Wien zu sehen und zu hören gab, und was es längst nicht mehr gibt. Die unzähligen Typen, die es in dieser an Originalen so reichen Stadt gab, sind bei Schlögl so lebendig, als wäre man unmittelbar mit ihnen konfrontiert, und wenn auch aus jeder Zeile die Zuneigung des Autors zu seinen Objekten herauszulesen ist, so fehlt es doch nicht an Kritik, ja mitunter hat man das Gefühl, dass Schlögls Prosastückchen gar nicht so weit von dem entfernt sind, was sie anprangern, dass sie nämlich – wenn auch gekonnte – »Raunzereien« sind.

Eduard Pötzl wieder liebte die Kleinmalerei mit Worten. Wenn er etwa den .»Leopolditag in Klosterneuburg« beschreibt, dann fehlt da kein Detail, dann findet dieses

Volksfest vor unseren Augen statt. Darüber hinaus sind Pötzls überaus witzige und doch äußerst naturalistisch gehaltenen Dialoge und Monologe bis heute eine Feinheit für den Kenner geblieben.

Ludwig Speidel dagegen könnte man den Ästheten unter Wiens Feuilletonisten nennen. Von ihm stammen die bedeutendsten literarischen Porträts bekannter Persönlichkeiten. Aber er trug nicht nur dazu bei, die großen Menschen seiner Zeit für interessierte spätere Generationen auf die denkbar nobelste Art zu konservieren, sondern war auch ein Meister der historischen Miniatur. Er wagte sich an Luther und Schiller genauso heran wie an Heine und Moses Mendelssohn, und er bewältigte stets die von ihm selbst gestellten Aufgaben. Dass er auch die Wiener Landschaft in unzähligen Skizzen besang, beweist nur die Größe seines Talents und seines Könnens.

Einer der größten Meister seines Faches war zweifellos der wegen seiner Kritiken gefürchtete Daniel Spitzer. Er war ein fanatischer Wagner-Gegner, und seine Satiren über die Werke des Bayreuther Meisters zählen zum Besten, was intellektueller Witz jemals hervorgebracht hat.

Nicht weniger unterhaltsam zu lesen sind seine zahlreichen Reisebilder, die durch das typisch wienerische Temperament des Autors, der sich nur in Wien und nirgendwo sonst wohl zu fühlen vermag, auf ganz spezifische Art gewürzt sind.

Spitzer starb 1891. Damals war der letzte Große des Wiener Feuilletons gerade 16 Jahre alt. Es war Alfred Polgar, hauptberuflich Theaterkritiker, Verfasser von gesellschafts- und kulturkritischen Schriften, die durch ihren knappen Stil bestachen. Für Polgar war das Wort beherrschte Materie, er jonglierte mit den Worten, ohne dabei den eigentlichen Zweck alles Schreibens, eine Aussage zu setzen, zu vernachlässigen. Als er 1955 starb, hatte er seine Welt, die Welt des Wiener Feuilletons, bereits überlebt.

Zahllose Namen wären noch zu nennen. Gräffer, Stürzer, Stoessl, Chiavacci, Bahr – sie alle waren Teile jenes bunten, vielfältigen Mosaiks, das sich Wiener Feuilleton nannte.

Aber auch andere sind zu erwähnen, Dichter nämlich, die nur zuzeiten gewissermaßen Ausflüge in die Kleinkunst unternahmen. Das Feuilleton mit seinen Möglichkeiten zog sie an, manches, was sie zu sagen hatten, konnten sie eben nur so und nicht anders sagen.

Sieht man von Karl Kraus ab, bei dem Feuilletonistisches stets vorhanden war, aber nie im Vordergrund stand, so bleiben immer noch Autoren wie Stifter, Anzengruber, Wildgans, Hofmannsthal und Musil, die mehr oder minder regelmäßig Feuilletons, und zwar typisch wienerische, verfassten.

Es werden auch heute noch Feuilletons geschrieben; aber das ist so, wie ja auch heute noch Walzer komponiert werden. Es gibt mehrere Gründe dafür, dass das Feuilleton endgültig der Vergangenheit angehört. Einer davon ist zweifellos der weitgehende Verlust einer allgemeingültigen literar-ästhetischen, kritischen Wertskala. Das Feuilleton brauchte Beziehungspunkte; als diese zusammenfielen, war es auch mit ihm vorbei.

Geisterbahnfahren

Eine Geisterbahn in ihren diversen Ausführungen ist ein notwendiger Bestandteil jeder etwas größer angelegten Vergnügungsstätte, die etwas auf sich hält. Sie ist für die Kinder installiert, obwohl diese, genau genommen, von Haus aus gar kein so großes Interesse daran haben, sich mehrmals hintereinander erschrecken zu lassen, da sie ja noch so unverbildet und mit dem Ernst des Lebens so wenig vertraut sind, dass es ihnen naturgemäß absurd erscheinen muss, durch das Erleben von Schrecklichem Vergnügen zu empfinden. Daher müssen sie zu dieser Bereicherung ihres Gefühlslebens erst erzogen werden, und zwar durch uns, die Erwachsenen. Wir machen sie mit der Geisterbahn vertraut.

Da sie sich fürchten, fahren wir einige Male mit ihnen mit, machen sie darauf aufmerksam, dass es sich hier im Grunde um nichts als technische Finessen handelt, und empfinden den reinsten elterlichen Stolz, wenn sie das erste Mal – blass, aber tapfer – ohne »Begleitschutz« fahren; wir haben dem Schrecken den Schrecken genommen!

Die Geisterbahn ist somit eine der zahlreichen Mutproben, denen sich das Kind auf seinem Weg zum Erwachsenwerden immer wieder unterziehen muss, und mit deren Hilfe seine ursprünglichen, natürlichen Ängste und Bedenken reduziert und ins Unbewusste abgeleitet werden.

In den Erklärungen, die wir dem Kind auf seiner ersten Fahrt mitgeben, befleißigen wir uns derselben Methode, die wir auch anwenden, wenn es um die Konfrontation mit dem Märchen geht.

Dort sagen wir: Hexen, Riesen und andere unser seelisches Gleichgewicht eventuell störende Figuren gibt es nur im Märchen – und hier erklären wir: Die bedrohlichen Erscheinungen in der Geisterbahn werden durch Zusammenschluss beziehungsweise Unterbrechung elektrischer Kontakte ausgelöst und sind also nicht wirklich in dem Sinn, in dem wir mit unseren mageren Vorstellungskräften die Wirklichkeit zu definieren imstande sind.

Aber wir lügen dabei, und zwar in mehrfacher Hinsicht. Die Geisterbahn hat nämlich nichts mit Geistern zu tun; Geister, wie sie in Naturreligionen vorkommen, begegnen einem hier nicht. Vielmehr treffen wir auf durchaus reale Phänomene. Wir werden mit dem Tod konfrontiert, mit Darstellungen von Mord und Folterung, mit abstrusen todbringenden Werkzeugen, mit Bildern von Hinrichtungen und Verstümmelten.

Im Grunde handelt es sich also um eine zwar romantisierte, aber durchaus getreue Abbildung von Erscheinungsformen des täglichen Lebens, die uns auch von den Medien, wenn auch wesentlich nüchterner, geliefert werden.

Bei näherem Hinsehen machen allerdings die Schrecken der Geisterbahn einen bereits etwas antiquierten Eindruck, was in erster Linie daran liegen mag, dass wir in außerordentlich hohem Maße von unseren Gewohnheiten abhängig sind und es uns daher ungemein schwer fällt, einmal etablierte Darstellungen durch neue zu ersetzen.

Noch immer, um ein Beispiel zu nennen, finden die Genrebilder eines Waldmüller unseren Gefallen, obwohl der Wald, wie er ihn malte, schon längst nicht mehr existiert, und die von ihm dargestellte Geruhsamkeit des rustikalen Lebens von uns in keiner Form mehr nacherlebt werden kann.

Ähnlich ergeht es uns mit dem Mond, der noch vor kurzem als Inspirator verliebter Seelen besungen wurde und sich inzwischen zu einer Zäsur in der Entwicklung unserer naturwissenschaftlichen Erkenntnisse verwandelt hat. Und um die Allseitigkeit unserer Verlorenheit an Gewohnheiten zu beweisen, sei noch der Wildwestfilm erwähnt, bei dem wir uns nach wie vor einer äußerst romantischen Stimmung hingeben, die mit der schon längst Wirklichkeit gewordenen Reservations-Welt der Indianer nicht das geringste zu tun hat.

Was nun die Geisterbahn betrifft, so ist es durchaus möglich, dass uns vife Vergnügungsmanager eines Tages mit ganz neuen Formen überraschen, mit Bahnen etwa, die man der historischen Wirklichkeit angepasst hat, in denen uns Bilder und Szenen aus Auschwitz und Hiroshima aus dem Dunkel anspringen und sich durch krankhafte biologische Mutationen entstandene Ungeheuer unter psychedelischen Effekten vor unsere gemütlichen Wägelchen schieben, um erst unmittelbar vor unseren Augen zu zerplatzen.

Möglichkeiten dieser Art gibt es unzählige, und nichts liegt näher, als diesen Gedankengang weiter zu verfolgen, denn in einer Welt, in der das Heute oft schon vom Morgen überholt wird, ohne dass es recht stattgefunden hat, können Utopien über Nacht zu Wirklichkeiten werden.

Wenn jene Stunde Null eintreten sollte, die uns von immer zahlreicheren Wissenschaftlern und Fachleuten vorausgesagt wird, wenn wir also tatsächlich vor lauter Fortschritt nicht mehr imstande sein sollten, die paar Schritte zurück zu machen, die notwendig sind, um unsere Existenz zu erhalten, sodass die selbstgemachte Katastrophe in der einen oder anderen Form – die wir uns dann aussuchen können, was auch eine Art von Freiheit sein mag – unser Dasein in ein philosophisch noch immer nicht restlos ergründetes Nichtsein verwandelt, dann werden jene, die es überleben – falls es solche gibt – mit allergrößter Sicherheit im Zuge des Wiederaufbaus auch Vergnügungsstätten und Geisterbahnen herstellen, die in dieser Hinsicht alles Bisherige überbieten werden.

Und sie werden ihre Kinder hinführen und stolz sein, wenn diese das erste Mal allein fahren.

Und sie werden sie lehren, in Geisterbahnen auch zu leben.

Der ewige Aufstand

»Gott verhüte, dass wir jemals zwanzig Jahre ohne Revolution blieben!« (Thomas Jefferson)

Es ist seit jeher das Vorrecht der Jugend, zu revoltieren, sich gegen bestehende Ordnungen zu empören und den Versuch zu unternehmen, die eigenen Vorstellungen vom Leben und Denken gegenüber den Etablierten der Generation vor ihr durchzusetzen. Aber seltener als man glaubt entsteht der Wille zum Aufstand spontan in den Gehirnen derer, die ihn praktizieren. Es ist nämlich ein weiteres Vorrecht der Jugend, sich Leitbilder auszusuchen und sie möglichst intensiv und konsequent zu realisieren.

Sokrates war ein alter Mann, als er von jenen zum Selbstmord getrieben wurde, gegen die seine Lehren gerichtet waren, und es war nicht die Angst vor seiner Person, sondern die vor der Wirkung seiner Worte auf die Jugend, die ihn für die Nutznießer eines morbiden Staatswesens untragbar werden ließ.

Auch Mao Tse-Tung, war ein alter Mann, als er die chinesische Kulturrevolution proklamierte, von der wir nur eines mit Sicherheit wissen: dass sie sich nämlich auf die Jungen im Staat stützte.

Und Harmodios und Aristogeiton, von den Athenern als Freiheitshelden verehrt, töteten Hippias, den Tyrannen, weil dieser sich in den Harmodios verliebte und jener von Aristogeiton nicht freigegeben wurde.

Dies soll nur zeigen, wie sehr auch der ewige Aufstand der Jungen – wie alle menschlichen Lebensäußerungen – kein geradlinig verlaufendes Phänomen, sondern eine mitunter äußerst verworrene Sache ist, deren entscheidende Faktoren oft nicht einmal denen ganz klar bewusst sind, die den Aufstand durchführen.

Der Aufstand der Jungen, zumeist durchaus berechtigt, ist so alt wie der menschliche Versuch, gültige Formen des Zusammenlebens zu finden. Wer satt ist – und dies kann man auch geistig sein, was dann zu jener deprimierenden Lethargie führt, von der gerade heute und bei uns in so vielfältigem Vokabular die Rede ist –, wer also geistig satt ist, für den ist die Welt in Ordnung, die erwähnte gültige Form des Zusammenlebens gefunden. Für den anderen aber ist sie – und damit alles – latent in Frage gestellt.

Die Jugend nun ist nicht so leicht satt zu bekommen, vor allem aber bedarf sie oft anderer geistiger Nahrung, als sie von »oben« geboten bekommt, und deshalb lebt in ihren Revolten, auch in den primitivsten, immer noch etwas von jenem faustischen Geist, der ewig sucht, und niemals findet. Und die Literatur legt Zeugnis ab von diesem Bemühen. Denn die Dichter und Schriftsteller müssen sich, unabhängig von der Anzahl ihrer Jahre, die Fähigkeit, mit den Jungen zu empfinden, bewahren, wenn sie die Welt, die sie umgibt, so darstellen wollen, wie sie ist. Dies ist keine Frage des Parteiergreifens, sondern einfach eine Notwendigkeit für jede künstlerische Produktion.

»Meine Eltern bekämen pro Nase je zwei Schlaganfälle, wenn ich so persönliche Auskünfte über sie geben würde. Sie sind in dieser Hinsicht sehr empfindlich!« (Jerome David Salinger)

Der erste Widerstand, auf den der Jugendliche in seinem Freiheitsdrang, woher immer er diesen beziehen oder welche Hintergründe der auch haben mag, stößt, sind die Eltern. Es sind gewissermaßen entpersonifizierte Eltern, Figuren, die etwas vertreten, nämlich die Gesellschaftsform, der sie angehören, in der sie eine Funktion ausüben.

In Kafkas Erzählungen spricht fast jede Zeile von der Auseinandersetzung eines jungen Menschen mit seinem Vater, aber auch mit der Welt der Funktionen, die längst erstarrt sind, aber noch immer ausgeübt werden. Wohl ist dies bei Kafka nur ein Teil der Problemfülle, aber ein sehr entscheidender und immer wiederkehrender.

Am deutlichsten kommt die Schwierigkeit, die das »normale« und »übliche« Familienleben einer sensiblen Natur bereiten kann, wohl auf den wenigen Seiten der »Verwandlung« zum Ausdruck, wo zuletzt die Schlussfolgerung gezogen werden kann, dass ein Leben als Insekt im Grunde dem im Schoße der Familie vorgezogen werden müsste. Wie es nämlich den »Menschen als solchen« nicht gibt, so gibt es auch nicht »den Vater«, »die Mutter« schlechthin, ihr Tun und Lassen, ihre Belehrungen und Ratschläge, das alles ist in einem weit größeren Maße vorgeprägt, als sie es ahnen, vorgeprägt von der Gesellschaftsform, der sie, willentlich oder unwillentlich, angehören. Das ist ihre Welt. Aber nicht die der Jungen. Letztere können, bestenfalls, hineinwachsen. Was nicht immer zu ihrem Vorteil sein muss.

Die Kluft zwischen Eltern und Kindern hat ihren Grund unter anderem in der Lebens- und Selbstsicherheit der ersteren. Ein Beispiel dafür wird in Sacher-Masochs 1946 erstmals erschienenem Roman »Die Parade« aufgezeigt. In einer zutiefst dem altösterreichischen Traditionalismus verhafteten Welt, in der das Oben und Unten noch streng und ohne verschwimmende Konturen voneinander getrennt waren, ist der Knabe Ferdinand nicht imstande, seiner Probleme Herr zu werden. Er bewundert und hasst zugleich seinen Vater, den lebenstüchtigen, allgemein beliebten Reiteroberst, der keine Probleme zu haben scheint, und wenn, sie im Handumdrehen zu lösen gewohnt ist. Der Vater hat keine Ahnung, er erzieht drauflos mit bestem Wissen und Gewissen – bis zu Ferdinands Selbstmordversuch. Erst als er daraufhin von seiner Autorität abrückt und seinen Sohn »erkennt«, vermag er ihm wirklich zu helfen.

Sacher-Masochs Roman spielt vor dem Ersten Weltkrieg. Damals endeten zahlreiche Tragödien junger und jugendlicher Menschen mit Selbstmord. Die Eltern waren noch beispielhafte, keiner Kritik unterworfene Figuren. Man wurde wie sie – oder zerbrach. Anders nach 1914. Der Heiligenschein war weg, Vater und Mutter auf wirklichkeitsbezogenere Figuren zusammengeschrumpft. Und das nicht nur bei uns, sondern auch in Amerika.

Hemingways Nick hat erkannt, dass auch Eltern versagen. Sie versagen sogar pausenlos, so wie alle anderen Menschen. Und auf seine Enttäuschung darüber folgt das Verstehen. Eine überhöhte Vaterfigur ist nicht zu verstehen, ein Mann, der am Leben gescheitert ist, schon. Hinter dieser vordergründig so nüchternen und männlichen Art, mit der älteren Generation zu rechten, ist ein großes Maß von Mitleid versteckt. Mitleid mit der dem Leben ausgesetzten Kreatur, und damit auch mit den Eltern.

Dieselbe Art der Berichterstattung über familiäre Zustände, ohne Be- oder Verurteilung, findet sich auch bei Thomas Wolfe und Heinrich Böll. Sie entspringt einem schmerzlichen Wissen um die Verletzlichkeit elterlicher Autorität. Und sie entspringt nicht zuletzt der Tatsache, dass es jenen, die jeweils Eltern waren, nicht gelungen ist, in den Zeitereignissen seit der Jahrhundertwende ihr Gesicht zu wahren.

»So muss die Schule den natürlichen Menschen zerbrechen, besiegen und gewaltsam einschränken.« (Hermann Hesse)

Konfliktsituationen zwischen Schülern und der Institution der Schule gab und gibt es überall, berichtet darüber aber wird vornehmlich in der deutschsprachigen Literatur. Gewissermaßen Standardwerke dieses Genres sind Hesses »Unterm Rad«, Heinrich Manns »Professor Unrat«, Musils »Der Zögling Törless«, Torbergs »Der Schüler Gerber hat absolviert«. Des deutschen Spießers Hang zur Autorität, von oben empfangen und nach unten ausgeteilt, spielt hier die dominierende Rolle, ein Hauch von Sado-Masochismus des nach oben buckelnden und nach unten tretenden, ewig im wilhelminischen Dunstkreis vegetierenden Bürgers steigt aus den Seiten dieser Pubertäts- und Schülerromane. Hier findet der Aufstand der Jungen vielleicht am impulsivsten statt, hier werden sie nicht in die Revolte getrieben, ihre täglichen Erfahrungen mit der Institution und deren Vertretern zwingen sie vielmehr zu promptem Reagieren.

Im »Professor Unrat« hat der Aufstand den größten Erfolg. Heinrich Manns Erzählkunst hat hier nicht nur das wohl treffendste Professor-Porträt seiner Zeit geschaffen, hier wurde zugleich das ganze Lehr-, und Schulsystem der damaligen Epoche untersucht, gerichtet und abgeurteilt.

Im »Zögling Törless« und im »Schüler Gerber« findet der Aufstand wohl statt, aber er wird jeweils von einzelnen inszeniert und getragen und somit von Haus aus zum Scheitern verurteilt. Nichts ist eben schwerer aus dem Weg zu räumen als Formen, die längst erstarrt, aber zur Gewohnheit geworden sind. Alles Neue kann sich immer erst nach und nach und Stück für Stück manifestieren, und jede mit Idealismus begonnene Sache braucht und hat ihre Märtyrer. Die privaten Märtyrer der Schulreform sind, solang Musil und Torberg gelesen werden, unvergessen, ihr Anliegen wird aber, trotz aller inzwischen zum Positiven eingetretenen Veränderungen, noch eine Zeitlang auf Erledigung warten müssen. Es geht durch den Instanzenweg – und der ist lang.

Hermann Hesse, Sänger der Wandervogel-Bewegung, wiederentdeckt von einer Hippiegeneration, die unter ganz veränderten Verhältnissen – und vor allem mit einer weit besseren materiellen Fundierung – nach Leitbildern für ihre vom Weg des Durchschnittsbürgers abgekommenen Empfindungen suchte, gab seinen Figuren ein Rezept mit für den »Weg ins Freie«. Wohl bringt dieses Rezept dem Hans Gielenrath in »Unterm Rad« keine Hilfe, er zerbricht an der Schule oder vielmehr an dem Versuch, durch sie zum reifen Menschen zu werden, aber Hesse zeigt auf, wo Hilfe zu finden gewesen wäre: in der Natur.

Sehr oft stehen die Jungen vor der Tatsache, dass sie mit den bestehenden Verhältnissen nicht einverstanden sind, aber ganz und gar keine Chance haben, diese auch nur im mindesten zu verändern. Dann stehen drei Wege offen: Anpassung an das Bestehende, brutaler Anarchismus oder Flucht. Letzterer Weg wird am häufigsten beschritten.

Die Möglichkeiten dazu, in der Literatur immer wieder aufscheinend, sind vielfältiger Art und überschneiden sich oft. Die Natur (bei Rousseau, Hamsun, Hemingway, Hesse und anderen) bot sich schon immer als Zufluchtsort unzufriedener Geister an, ferner die der unmittelbaren Realität entzogene Ästhetik (bei Hölderlin, Rilke, Mallarmé und anderen) und, in regelmäßigen Gezeiten wiederkehrend, der Sex (bei Wedekind, Henry Miller und anderen).

Allen diesen Bewegungen ist gemeinsam, dass sie urplötzlich einsetzen und, fürs erste, die Welt, und zwar nicht nur die literarische, aus den Angeln zu heben scheinen. Dann, ganz allmählich, gewöhnt man sich an sie, die Wirklichkeit nimmt daneben ihren Weg oder schlägt ganz andere Richtungen ein. Die Wandervögel mündeten in der Hitler-Jugend, die Enttabuisierung des Erotischen in der Pornografie – und schließlich wird, was als bürgerschreckende Aggression begann, zur literarischen Mode, die langsam wie erkaltende Lava erstarrt.

Aber trotz dieser historischen Tatsachen hat die Jugend ein ewiges Recht auf Revolution, denn alles, was es seit dem ersten angstvollen Aufschrei, seit der ersten Höhlenzeichnung an geistiger Entwicklung gegeben hat und gibt, ist Resultat dieser mühevollen Bestrebungen. Und es kann nichts Unglaubwürdigeres geben, als zu glauben, mit einer allgemeinen Frustration, um ein Modewort zu verwenden, könnte auch nur die geringste gesellschaftliche oder kulturelle Veränderung hervorgerufen werden. Menschliche Äußerungen bedürfen des Wortes. Aber frustrierten Dichtern versagt die Stimme.

Und wer, wenn nicht die Dichter, sollte mit Namen nennen, was da in den Gehirnen schwelt? Revolutionen, ob erfolgreich oder nicht, haben immer ihre Sänger gebraucht, die Verkünder ihrer für sie gültigen Wahrheiten.

»Die Heitersten, die Besten, sie liegen reglos auf dem Felde der Ehre, den Kopf im Dreck, die Blume am Gewehre.« (Jacques Prévert)

Das Militär ist unter anderem dazu da, den jungen Menschen zu erziehen. Diese Meinung, über die sich streiten lässt, ist weit verbreitet Und es sind zumeist Vertreter der älteren Generation, die diesbezügliche Phrasen in den Mund nehmen. Sie sind stolz auf das, was ihnen irgendwann einmal in ihrer Jugend widerfahren ist, und verschönt und verklärt taucht es immer wieder in ihren Reden auf. Tatsächlich ist aber das Militär als Erziehungsfaktor zumindest mit Vorsicht zu genießen.

Es ist wahr, dass die deutsche Freiheitsbewegung gegen Napoleon mehr als nur einen Theodor Körner als lyrischen Rufer aufzuweisen hatte – ein Großteil der Jugend reimte damals gegen den Franzosenkaiser zu Diensten der eigenen Obrigkeit gegenüber einer fremden, aufgezwungenen. Es ist ferner wahr, dass der einzige groß angelegte, ernst zu nehmende Putsch gegen Hitler von einer eher ans Gehorchen gewöhnten, streng im Geiste preußischer Offizierszucht erzogenen Gruppe ausging, aus der einer, nämlich von Stauffenberg, sogar als geistiger Schüler Stefan Georges angesprochen werden kann. Und es ist auch wahr, dass die israelische Jugend von heute ihren Militärdienst mit der größten Bereitschaft ausübt und in den Krieg geht wie ein anderer zu seiner täglichen Arbeit, weil sie weiß, dass ein anderes Handeln ihren Untergang als Volk und als Staat unmittelbar zur Folge hätte.

Aber es ist genauso wahr, dass das Militär in den meisten Fällen als Erziehungsinstitution versagt hat, und dass der Krieg, unter welchen Fahnen und von wem gesegnet auch immer, der Jugend nichts zu geben, sondern nur zu nehmen hat. Die zahlreichen Fälle jugendlichen Heldenmuts bis in den Tod, in militanten Zeiten immer wieder aufgewärmt, sind keine Beispiele gegen, sondern für diese These.

Einer der ersten Romane, in dem nüchtern die Wirklichkeit des Krieges dargestellt wurde, war Stephen Cranes »Die Flagge des Mutes«. Hier wird erzählt, und zwar gut, was die Psychologie inzwischen auf wissenschaftlicher Basis nachgewiesen hat, dass es jenen Mut, von meist miesen Autoren ersonnen und zu Papier gebracht, der in kriegsfrohen Zeiten mit Hilfe der Lesebücher den für alles Abenteuerliche empfänglichen Kindern serviert wird, dass es diesen Mut gar nicht gibt.

So gesehen ist Stephen Cranes Roman der Anfang einer Tradition, die in den amerikanischen Anti-Kriegsromanen James Jones', Norman Mailers und anderer Autoren ihren Höhepunkt fand. Gemeinsam ist allen diesen Büchern die Entidealisierung des Krieges. Sie sind ein Bekenntnis zur Furcht und räumen mit der Klischeevorstellung eines Heldentums auf, das es in dieser Art nie gegeben hat. Und sie erzählen allesamt vom Aufbegehren junger Menschen gegen die Sinnlosigkeit, in die der Militär- und Kriegsdienst ihr Leben abgleiten lässt. Wohl findet keiner dieser Anti-Helden einen positiven Ausweg aus seinem persönlichen Dilemma, aber Literatur dieser Art und Widerstände, die durch sie ausgelöst wurden, haben ihren guten Teil zu der Anti-Nixon-Stimmung in den USA während des Vietnamkrieges beigetragen.

Im deutschsprachigen Raum hatte, was den Anti-Kriegsroman betrifft, wohl Erich Maria Remarques »Im Westen nichts Neues« die größte Breitenwirkung. Dieser Roman, stellenweise kolportagehaft geschrieben, war quasi geadelt durch sein Thema, die nüchterne, illusionslose Darstellung des Ersten Weltkrieges an der deutschen Westfront. Aber Remarque war bei seinem Erscheinen einunddreißig Jahre alt, und das ist erwähnenswert, weil es aufzeigt, dass der Krieg den jungen Menschen gar nicht erlaubt, sich auszudrücken; sie sterben oder sie überleben — und wenn ihnen letzteres gelingt, muss es nicht immer ein reines Glück sein.

»Das Goethe-Haus wurde im Krieg zerstört, brannte aus und gibt es nicht nicht mehr. Aus ist es in Deutschland auch mit Goethe und Klassik. Es war ja nur wohl sinnvoll, dass im schlimmsten Jahr von Auschwitz auch dieses Haus in Asche sank.« (Horst Krüger)

Auch in der Stunde Null gibt es junge Menschen. Die älteren kehren zurück zu ihren Familien. Sie sind daran gewöhnt, sich zu verändern, sie tun es wieder. Den Jungen bleibt nur ein großes Verwundern – und Verwundetsein.

Die Jungen nach dem Ersten Weltkrieg wurden die »verlorene Generation« genannt. Für die nach dem Zweiten Weltkrieg fand man keinen Namen. Nicht einmal das.

Niemals gab es in Büchern soviel Skepsis, soviel Misstrauen, so viel Engagement-Widerwilligkeit wie in jenen, die in der Zeit nach 1945 geschrieben wurden. Es war ein Aufstand der Resignierten, der hier stattfand, eine Revolte in Moll.

Bei Böll, Grass, Schnurre, Fritsch, Bachmann, Federmann und anderen findet man in dem, was sie nach dem Krieg geschrieben haben, die ganze Missstimmung gegenüber den gegebenen Um- und Zuständen, eine echte, tief verwurzelte Verzweiflung, die später in so reiner Inkarnation nie mehr auftrat. Aber man findet keine Aggression. Die Revolutionäre sind müde, zu müde zur Anklage, zu müde zur Aktion. Was bleibt, ist der Versuch einer nüchternen Bestandsaufnahme. Man ist bemüht um Verhaltenheit, um möglichste Objektivität. Aber trotzdem, oder gerade deshalb, gehören gerade diese frühen Romane Bölls und Grass' zum Besten, was nach 1945 in der deutschsprachigen Literatur hervorgebracht wurde.

Bedeutsam ist, dass damals, in der Nachkriegszeit, und nicht nur der unmittelbaren, eine innige Beziehung zwischen Autor und Leser bestand. Was die oben erwähnten Autoren zu sagen hatten, interessierte das Gros der jungen Menschen, weil Sie es in der einen oder anderen Form erlebt hatten beziehungsweise erlebten. Es wurde viel geschrieben und viel gelesen; die Entdeckung des »Konsumierens« blieb einem späteren Jahrzehnt vorbehalten.

Als das unmittelbare Erleben immer mehr zur Erinnerung wurde und zur Routine verflachte, besann sich die Literatur auf ihre Arbeitsmaterialien, um auf diesem Gebiet eine Revolution auszutragen, die für den Literaten zwar intern interessant, für Durchschnittsleser aber befremdend sein musste. Dadaistische und surreale Formen, um die Jahrhundertwende und bis zu den Zwanzigerjahren hin bereits ausgeschlachtet, wurden wieder entdeckt. Eine Sprachzertrümmerung begann, wie sie schon, lange vor Hitler einmal stattgefunden hatte. Ein modernes l'art pour l'art machte sich breit und wunderte sich, dass es keinen rechten Anklang fand. Die Revolution fand auf dem Papier statt, die Revolutionäre blieben unter sich, einer las, was der andere geschrieben hatte.

Der Bruch zwischen dem Dichter und seinem Publikum war vollzogen worden.

»Abendessen bei André Gide. Junge Autoren fragen in Briefen, ob sie weitermachen sollen. Gide antwortet: ›Wie? Sie können das Schreiben entbehren, und sie zögern noch?‹« (Albert Camus)

Schriftsteller und Dichter sind nicht die Helden der Revolutionen. Sie sind die Schreiber, die geistigen Reporter, die festhalten, was um sie herum geschieht. Ihre Ausdrucksformen wechseln, ihr Enthusiasmus auch. Mancher begann als radikaler Verfechter des Neuen und endete als gewissenhafter Archivar des Bestehenden. Und vielen unter ihnen sind Entschluss und Einsicht durchaus nicht leicht gefallen. Kein besseres Beispiel für wohlüberlegten Gesinnungswechsel gibt es als etwa jene Reihe westlicher Intellektueller, zu denen auch Gide und Koestler gehörten, die lange Jahre mit dem Kommunismus sympathisierten, was damals im Westen als revolutionäre Haltung zu bewerten war, um sich dann endgültig von ihm abzuwenden. Revolutionen überleben sich und mit ihnen die Revolutionäre.

Auch den Stürmern und Drängern zerfloss einst das Jungsein zwischen den Zeilen, und das »Junge Deutschland« Börnes und Heines machte, mit Ausnahme der Emigranten, seine Konzessionen.

Trotzdem wird weiter revoltiert. Neue Formen entfachen neue Widerstände gegen eben diese Formen. So lösen Establishments und Erhebungen wider diese immer wieder einander ab, so sicher, wie die Geburt in den Tod mündet.

Vielfältig wie die gesellschaftlichen Formen sind auch die literarischen, die gegen sie zur Verwendung kommen. Nicht nur der Roman, auch lyrische Elemente kommen immer wieder, zum Einsatz, so in der Gegenwart, in den USA vor allem, die meist recht vulgäre und obszöne Beat-Lyrik, die einfach provoziert, um einen erstarrten Gegner zur Handlung zu zwingen, und seit eh und je war es die Satire, beispielhaft bei Tucholsky und Hašek, die eine Ordnung, die in Wirklichkeit keine war, zu unterminieren versuchte und der Lächerlichkeit preisgab.

Heute aber ist es so, dass Aggression und Nihilismus genauso gut zum Establishment gehören wie Konsumfreudigkeit und Ratenkauf. Viele tun sich auf ihre Progressivität etwas zugute und sagen dem Establishment den Kampf an, aber bei der erstbesten Gelegenheit geben sie für dieses Establishment ohne weiteres den Hofnarren ab. Jedes Establishment hat nämlich einen gut funktionierenden Magen, der auch literarische Revolutionäre ohne größere Schwierigkeiten verdaut.

Die Frage im Raum

Anlässlich einer Pressekonferenz stellten Journalisten einem Minister eine Frage, die dieser dahingehend beantwortete, dass er sie, die Frage nämlich, »in den Raum stelle«. Dass er mit dieser Nichtantwort eine Fülle von Problemen in die Welt gesetzt hatte, schien er nicht zu ahnen. Er hatte die Frage irgendwohin weitergegeben; wohin, das wurde aus seinen Worten nicht klar, da er keinerlei Details über den nunmehrigen, von ihm bestimmten Aufenthaltsort der erwähnten Frage von sich gab.

Nun wissen wir über Wesen und Gefühle einer Frage viel zu wenig, um mit Bestimmtheit sagen zu können, welche Folgen für sie eine solche Behandlung haben kann. Schließlich ist es ja der einzige Daseinszweck einer Frage, beantwortet zu werden, und wenn dies, wie in unserem Fall, nicht geschieht, wird dieser Daseinszweck in Frage gestellt, was geradezu einer Verurteilung zur Sinnlosigkeit gleichkommt.

Es bedarf also zweifellos einer gewissen Leichtfertigkeit, eine Frage so im Handumdrehen von einem Raum in einen anderen zu transferieren, ohne Rücksicht darauf, ob ihr das auch recht ist. Ganz zu schweigen davon, dass es von größtem Interesse wäre, zu erfahren, welcher Raum eigentlich gemeint sein könnte.

War vielleicht der Minister der Ansicht, dass sich die Frage nur in ein Nebenzimmer zu begeben und dort unter ihresgleichen auf Erledigung ihres Falles zu warten habe? In einem solchen zweifellos überfüllten Raum wäre die Gefahr allerdings nicht von der Hand zu weisen, dass es zu neurotischen Phobien kommen könnte, muss doch an einem solchen Ort ein ungeheures Gedränge herrschen, wobei noch erschwerend hinzukommt, dass alle diese Fragen, denen man die ihnen zustehenden Antworten verweigert hatte, nicht, wie es doch zweifellos bequemer wäre, sitzen oder liegen dürfen; nein, sie müssen stehen!

Solange wir davon ausgehen, dass die bewusste Frage in einen für uns immerhin vorstellbaren dreidimensionalen Ort verwiesen wurde, ist das Problem, wo sie sich nun wirklich befindet, zwar letzten Endes nicht lösbar, aber immerhin diskutabel; vollends verworren aber wird die Sache, sollte die Frage ohne ihre Einwilligung in das nur mit Hilfe der Relativitätstheorie errechenbare Raum-Zeit Kontinuum geschickt worden sein. Dann ist sie nämlich unbekannten Aufenthaltes, und keinem Menschen, aber am wenigsten einem in der Physik nicht sehr bewanderten Minister wird es gelingen, sie von dort zurückzuholen.

Trotzdem ist eine Rückkehr unserer arg malträtierten Frage möglich. Mag es auch nur eine Gedankenspielerei sein, den Erkenntnissen der modernen Physik und Astronomie zu folgen und nicht eine Unendlichkeit, sondern eine Unbegrenztheit des kosmischen Raumes anzunehmen und die daraus resultierende Folgerung zu akzeptieren, dass nämlich ein in die Unbegrenztheit fortschreitender Körper wieder an seinen Ausgangspunkt zurückkehren würde – dann besteht die theoretische Gewissheit, dass die in den Raum gestellte Frage eines fernen Tages wieder dort auftaucht, von wo sie losgeschickt wurde.

Der Minister wird zu diesem Zeitpunkt schon längst in Pension oder sonst wo sein. Einem anderen Minister wird die Frage von Journalisten gestellt werden. Und es ist sehr zu befürchten, dass sie abermals dorthin gestellt wird, wo sie eigentlich nicht hingehört – in den Raum!

Festliche Gesichter

Alle Jahre wieder kommen jene Tage, an denen die Leute behaupten, blitzblank geputzte Seelen unter den Brieftaschen und Autopapieren spazieren zu tragen, bei allen Misshandlungen stets nur von den besten Gefühlen verleitet worden zu sein und im großen und ganzen ohnedies ein Leben geführt zu haben, an dessen Abend man mit gutem Gewissen den reichlichen Gewinn des Tages loben darf. All diese Behauptungen erfreuen sich größter Beliebtheit, schon allein deswegen, weil es niemandem einfallen wird und kann, für sie Wahrheitsbeweise zu verlangen.

In dieser regen Vorfestzeit tun aber die Leute noch etwas. Sie holen ihre festlichen Gesichter aus dem jahrüber fest verschlossenen Schrank des Unterbewussten, glätten, putzen und wischen an ihnen herum, streichen die miesen Falten heraus und schummeln die einer lächelnden Güte hinein.

Man hat seine Sorgen mit diesen lächelnden Gesichtern, wie mit einem Anzug, den man nur äußerst selten trägt. Zuerst passen sie hinten und vorne nicht, und am ersten Tag geht man besser erst gar nicht damit auf die Straße. Allmählich erst gewöhnt sich das wahre Gesicht an die aufgesetzte Maske. Unsicherheiten müssen überwunden werden, man kommt sich ganz komisch und lächerlich vor, und nur das Beispiel der Mitmenschen, die alle ihre Festtagsgesichter aufgesetzt haben, gibt einem den Mut zu dieser Maskerade. Manchem aber gelingt das Mittun nicht so richtig, immer wieder schaut irgendwo ein Stück Alltagsgesicht durch und stört so die ganze Harmonie. Diesem Unglücklichen geht man in der kritischen Zeit am besten aus dem Weg.

Festliche Gesichter haben den Fehler, dass sie sehr empfindlich sind. Sie geraten unglaublich schnell aus der Fasson, verrutschen oder bekommen plötzlich schadhafte Stellen. Es ist sehr peinlich, Zeuge einer solchen jähen Gesichtsveränderung zu sein, etwa anlässlich eines mühselig zusammengetrommelten Familientreffens, bei der Firmenfeier oder beim Vereinsabend. Daher ist zu raten, bei solchen und ähnlichen Anlässen im Gespräch mit seinen Mitmenschen recht vorsichtig zu sein und nicht etwa zu fragen: »Sag einmal, wie bist du denn zu diesem Posten gekommen?«, oder: »Wie geht es denn Ihrer kleinen Sekretärin, mit der Sie vorigen Winter in Kitzbühel waren?«

So schwer sich also die meisten Menschen tun – gewisse Menschen tragen ihre festlichen Gesichter mit der größten Selbstverständlichkeit. Man merkt ihnen an, dass sie gewohnt sind, ihre Gesichter täglich, ja stündlich zu wechseln. Sie leben von der Schnelle und Geschicklichkeit, mit der sie von einer Haut in die andere schlüpfen können, und ohne diese Begabung wären sie nichts, aber schon gar nichts. Allerdings – diese Typen profitieren da von einem gewissermaßen anatomischen Phänomen: sie haben nämlich gar kein eigenes Gesicht!

Sind dann die Festtage da, sieht man die Leute mit großem Ernst einhergehen. Der Grund dafür ist, dass sie sich ihrer Fröhlichkeit so sehr bewusst sind. Sie bewegen sich geradezu unwirklich und würden ihre aufpolierten Gesichter im Spiegel nicht wiedererkennen. Auch müssen sie dauernd aufpassen, dass ihnen die Gesichter nicht herunterrutschen. Allein schon wegen dieser Anstrengung ist man froh, wenn die Zeit der festlichen Gesichter vorüber ist und man diese wieder abnehmen kann.

Einem ungeschriebenen Gesetz nach hat man anderen festlichen Gesichtern kritiklos zu begegnen und darf sie nicht bemängeln, ob sie einem nun gefallen oder nicht. Dieses alljährliche Maskentragen wird überhöht und damit in eine Sphäre versetzt, in der jeder Zweifel als pietätlos gilt.

Daher ist es überaus verständlich, wenn man schon einmal so tut, als ob mit einem alles in Ordnung wäre, dann will man das auch bescheinigt bekommen.

Zu erwähnen ist noch, dass Kinder keine festlichen, sondern stets ihre eigenen, wirklichen Gesichter tragen. Erst wenn sie bewusst zu lügen beginnen, passen sie sich an. Es herrscht dann immer große Freude über den Erziehungserfolg.

Der Zeitvertreib

Wir haben mitunter ein äußerst laxes Verhältnis zu gewissen Worten und Begriffen, die wir nichtsdestoweniger tagtäglich mit der größten Selbstverständlichkeit verwenden, ganz so, als hätten wir sie tatsächlich vor dem Gebrauch einer gründlichen Definition unterzogen; wir benützen sie einfach wie irgendwelche poesielose Gebrauchsgegenstände materieller Natur und merken dabei gar nicht, mit welcher Bedenken- und Gedankenlosigkeit wir in solchen Fällen operieren.

Das Wort »Zeitvertreib« zum Beispiel erfreut sich der allergrößten Beliebtheit, was weiter nicht verwunderlich ist, wenn man bedenkt, dass wir sowohl mit der Zeit als auch mit dem Trieb so leichtfertig umgehen, als handle es sich um Wegwerfflaschen. Dass es sich aber allein bei der Erfindung dieses Wortes um einen absonderlichen Größenwahn unsererseits handelt, belastet uns in keiner Weise.

Es gibt zahllose Arten, »sich die Zeit zu vertreiben«, und ebensoviele Industriezweige sind uns bei dieser Tätigkeit behilflich. Einer philosophischen und etymologischen Untersuchung des Wortes gehen wir gerne aus dem Weg, weil wir, einmal auf fixen Bahnen in Bewegung, uns nur ungern irritieren lassen. Jede ernst gemeinte Auseinandersetzung mit dem Begriff der Zeit würde aber unweigerlich eine solche Irritation hervorrufen.

In der Philosophie zum Beispiel stellt die Zeit eines der Grundprobleme dar, dem kein Geringeres als die

Ewigkeit gegenübersteht. Und wenn man ferner bedenkt, dass Wissenschaften wie die theoretische Physik oder die Kosmologie von einer Zeitordnung ausgehen und eine solche gar nicht denkbar ist – dann erkennt man zwangsläufig, welchen Unfug es bedeutet, an etwas wie »Zeitvertreib« auch nur zu denken!

Etwa in der Mitte des dritten Lebensjahres wird die Besonderheit der Zeit dem Menschen halbwegs erfassbar; und ungefähr im gleichen Alter beginnt er »sich die Zeit zu vertreiben«. Es liegt nahe, diese Entwicklung so zu deuten, dass er ein Geschenk erhalten hat, mit dem er nichts anzufangen weiß.

Aber was ist das denn eigentlich, das wir so oberflächlich zu »vertreiben« behaupten? Wir sind nicht imstande, Zeit zu produzieren. Wir haben auf Herkommen, Ablauf und Vergehen keinen Einfluss. Wir können Berechnungen aufstellen, aber Berechnungen sind keine grundsätzlichen Erklärungen. Zeit ist zweifellos etwas, das uns von unbekannter Seite her zugemessen wird.

Diese jedem Einzelnen zugemessene Zeit aber beginnt unweigerlich mit seiner Geburt und endet ebenso unweigerlich mit seinem Tod. Es kann sich also nur um unsere Lebenszeit handeln, mit der wir da so rigoros verfahren.

Folgerichtig vertreiben wir uns keine Zeit, auf die wir ja keinen Einfluss haben, sondern Teile unseres Lebens. Und diese Verluste sind unersetzbar, denn unser Leben spielt sich innerhalb einer gewissen Zeit ab, und so unwiederholbar wie diese, ist auch das, was in ihr geschieht.

Die Zeit ist also nicht von uns abhängig, sondern wir sind es von ihr, und die Konfusion, die durch die Verwendung eines Wortes wie »Zeitvertreib« entstehen muss, zeigt sich schon darin, dass wir hier mit etwas manipulieren, das sich in Wahrheit unseren Intentionen entzieht.

Wir sind es gewohnt, zwischen der Natur und uns eine Ebenbürtigkeit herzustellen, die in keiner Weise der Wirklichkeit entspricht. Auf dieselbe Weise verfahren wir mit der Zeit.

Und so wie uns die Natur von Zeit zu Zeit unsere beschämende Hilflosigkeit ihr gegenüber aufzeigt, so macht uns auch in bestimmten Stadien unseres Lebens der gesetzmäßige Ablauf der Zeit ein für allemal klar, dass alle unsere Versuche, sie in irgendeiner Art zu beeinflussen, in höchstem Maße lächerlich sind.

Dass »Zeitvertreib« aber durchaus ein gefährliches Unternehmen ist, beweist uns die populäre Steigerungsform von »sich die Zeit vertreiben«; diese lautet nämlich: »die Zeit totschlagen«. Hier aber stehen wir vor einem juristischen Paradoxon, da es sich bei diesem Totschlag um Selbstmord handelt!

Der deutsche Krimi

Die Tradition des Kriminalfilms reicht bis in die Stummfilmzeit zurück. Das Verbrechen und seine Aufklärung erfreuen sich beim Publikum seit jeher größter Beliebtheit. Seit es das Fernsehen gibt, haben wir es auch mit diversen Krimiserien zu tun. Meist geht es um Mord, und der enormen Anziehungskraft dieser »Tötung mit Tötungsabsicht« verdankt das Fernsehen höhere Einschaltziffern, wenn ein »Kommissar« am »Tatort« oder sonst wo amtshandelt. Wie bei jedem Serienprodukt kommt es auch bei den Krimiserien, was Ideen und Ausführung betrifft, zu einem hohen Verschleiß. Es gibt gute und schlechte Krimiserien. Die deutschen zählen zumeist zu den letzteren, und das aus verschiedenen Gründen.

Schaltet man in einem solchen Fall das Fernsehgerät ein, ohne vorher im Programmheft nachgesehen zu haben, hat man gar nicht den Eindruck, einem Kriminalfilm beizuwohnen. Man sieht sich vielmehr der Präsentation von Status-Symbolen gegenüber.

Für den Mann – das Auto. In jedem deutschen Krimi bewegt sich ein solches irgendwann und völlig sinnlos kreuz und quer über den Bildschirm. Man weiß nicht, woher es kommt, man weiß nicht, wohin es fährt, es hat sich in eine Handlung verirrt, mit der es nichts zu tun hat.

Für die Frau – die Wohnung. Kein deutscher Krimi, in dem sich die Kamera nicht ausführlich mit der Innenarchitektur beschäftigt. Mit Akribie und Liebe werden

Wohnmöglichkeiten gezeigt, die eigentlich gar keine sind. Diese Räumlichkeiten sind nämlich von einer stupenden Sterilität, Kulisse durch und durch, und man sollte die maßgeblichen Herren einmal auffordern, sich in ihrer Freizeit englische Krimis anzusehen, um zu erfahren, dass es sehr wohl möglich ist, milieuechte Wohnmöglichkeiten darzustellen. Dort stimmt nämlich alles, von der Küche bis zum Badezimmer. Im anderen Fall aber glaubt man, den falschen Kanal erwischt zu haben und mit einem Werbespot der gesamtdeutschen Möbelindustrie konfrontiert zu sein.

Überrascht stellt man dann bald fest, dass diese hochmodernen, piekfeinen und unverwendbaren Wohnungen in Wahrheit Brutstätten diffiziler Verbrechen sind. So fein wie ihre Domizile sind nämlich auch die jeweiligen Akteure, denn der deutsche Krimi spielt prinzipiell unter den so genannten »besseren« Leuten. Arme Schlucker werden meist zu Randfiguren und bloßen Stichwortbringern degradiert und Berufsverbrecher kommen überhaupt nur selten vor.

Natürlich werden hier und dort die üblichen Schablonen berücksichtigt. Der Verdächtige, dem man alles zutraut und der es dann doch nicht ist – ohne den kommt man nicht aus. Fans dieser Unterhaltungsform werden sich an einen blonden Jüngling erinnern, der in mehreren Krimis mitspielt, weil er es, wie keiner sonst, zuwege bringt, debil zu lachen. Dieses einzigartige Lachen stempelt ihn jedes Mal zu einem Geisteskranken. Man ist überzeugt, einen Lustmörder vor sich zu haben. Aber natürlich ist er das nicht.

Dass man aber durchaus experimentierfreudig ist, beweist die Tatsache, dass der erwähnte blonde Jüngling kürzlich ausnahmsweise als Polizist zu sehen war. Da fährt er das erste Mal auf Streife, und just an diesem Tag wird in dieser Großstadt eine Verkäuferin in einem Warenhaus niedergeschossen. Und diese Frau ist ausgerechnet die junge Gattin unseres Polizisten. So spielt der Zufall im deutschen Krimi.

An diesem kleinen Beispiel sieht man schon, welche Schwierigkeiten diese Filmschaffenden oft haben, um eine halbwegs brauchbare, einigermaßen logische Handlung aufzubauen.

Da liebt ein junger Mann ein junges Mädchen, das in Pornofilmen auftritt, und weil er, der junge Mann, das nicht länger mit ansehen mag, bringt er den Produzenten dieser Filme um, obwohl dieser gar nichts mit dem Mädchen gehabt hat. Sein Tatmotiv? Das Drehbuch brauchte einfach ein Mordopfer, das so alt, dick und hässlich wie der Produzent war.

Überhaupt ist vor allem die Liebe in ihren verschiedensten Erscheinungsformen das zentrale Thema. Der Mord aus Leidenschaft. Letztere ist im deutschen Krimi eine reichlich verworrene Angelegenheit.

Zum Beispiel wird eine magere Vierundzwanzigjährige erstochen aufgefunden. Die Recherchen ergeben, dass es sich um ein anständiges, tugendhaftes Fräulein gehandelt hat. Zumindest sagt das der Vater, der allerdings seine Tochter seit einem halben Jahr nicht gesehen hat, weil sie mit Freunden unterwegs war. Zwei dieser Freunde tauchen nun auf und beide waren in die

Verstorbene verliebt. Sie berichten von einer Party, bei der das nun tote Fräulein »explodiert« sei. Seither, so sagt einer der Verliebten, hat das Fräulein seinen »Mittelpunkt« verloren. Näheres über diese stattgefundene Explosion und den dabei verlorenen Mittelpunkt erfährt man nicht, sodass die Sache sehr geheimnisvoll bleibt. Die beiden Herren sind übrigens ausgewählte Feschaks und man kann sich beim besten Willen nicht vorstellen, dass ausgerechnet solche Typen einem mageren Fräulein nachweinen. Natürlich ist von Anfang an klar, dass einer der jungen Herren der Mörder ist. Und genau so natürlich ist es nicht der, der am meisten verdächtigt wird, gewesen, sondern der andere. Er hat das Mädchen aus Liebe erstochen. Wie groß diese gewesen sein muss, erfährt man durch die Aufklärung der vorerst unverständlichen Tatsache, dass das Fräulein von hinten erstochen worden ist. Hat es versucht, davonzulaufen? Nein. Sie hat ihn geküsst und er hat sie geküsst. Und während des Kusses hat er sie erstochen. Von hinten. Eine originelle Idee. Und eine akrobatische Leistung des verliebten Mörders.

Dass es sich hier aber nicht etwa um eine Ausnahme handelt, beweist ein anderer Fall. Eine Dame der Gesellschaft ist an ihren gelähmten Ehemann »gefesselt«, wie man sagt. Selbstverständlich hat sie einen Geliebten mit einer ganz tollen Föhn-Frisur. Dieser Geliebte wird eines Tages vor dem Haus, in dem er wohnt, erschossen. Und nun denken Polizei und Zuschauer neunzig Minuten lang nach, wer das getan haben kann. Der Ehemann, als Hauptverdächtiger, ist ja gelähmt. Er ist Verleger und bei seinen Angestellten sehr beliebt. So beliebt, dass man jedem von ihnen die Täterschaft zutrauen würde. Daher wird jeder einmal verdächtigt. Dann hat jeder sein Alibi. So vergeht die Zeit. Der Krimi neigt sich dem Ende zu. Schon glaubt man an die Sensation, es erstmals mit einem letzten Endes unlösbaren Fall zu tun zu haben. Da stellt sich plötzlich heraus, dass der Ehemann doch nicht so ganz hundertprozentig gelähmt war. Ein kleines bisschen hat er sich doch bewegen können, der Schelm. Gerade so viel, dass er den unsympathischen Liebhaber seiner Frau hat erschießen können. Das nennt man dann ein überraschendes Ende.

In diesem letzten Beispiel kündigt sich übrigens etwas an, das man, neben Liebe und Leidenschaft, des deutschen Krimis liebstes Thema nennen darf – die Familie. Glaubt man diesen Serien, dann ist die deutsche Familie eine durch und durch kriminelle Angelegenheit. Irgendwer in dieser Familie hat immer ein Techtelmechtel, und in zahllosen Krimis werden die diesbezüglichen Möglichkeiten munter drauf los variiert, möglichst unglaubwürdig, damit die Spannung, die ja von einem Krimi verlangt wird, »zum Tragen kommt«.

Da geht der Vater fremd, und nun nimmt man an, dass ihn die Mutter aus gekränkter Liebe umgebracht hat; aber es war der Sohn, aus Liebe zur Mutter.

Die Tochter hat einen Freund, der sie betrügt – aber nicht sie begeht den Mord an ihm, sondern die Mutter aus Liebe zu ihrem Kind.

Oder die Mutter hat einen Geliebten, und der wird nun von der Tochter umgebracht, aus Liebe zum Vater.

Da merkt man überall die feinen Fäden, die zu jenen verbilligten Freudschen Theorien führen, die wir jede Woche in den populärwissenschaftlichen Spalten beliebter Illustrierter vorgesetzt bekommen und die im Film dann ein totales Tohuwabohu ergeben.

Aus diesem Grund steht im deutschen Krimi zumeist nicht das Verbrechen im Mittelpunkt der Handlung, sondern die psychische Verfassung der daran Beteiligten. Man vernachlässigt das Vordergründige des jeweiligen Kriminalfalls und konzentriert sich viel mehr auf komplizierte Hintergründigkeiten. Schon den jeweiligen Autoren, die ihre Ideen via Drehbuch verwirklichen, dürfte die Aufgabe, einen einfachen, interessanten Kriminalfilm zu schreiben, zu primitiv sein. Ihre schöpferischen Kräfte, die sie zu besitzen glauben, werden dadurch nicht recht gefordert. Sie wollen jede Woche einen Problemfilm zu Papier bringen. Und den Regisseuren, die diese Vorlagen in die Hand bekommen, schwebt dann so etwas wie ein Strindberg-Drama vor Augen, sodass sie während der Verfilmung, so wie etliche ihrer Figuren, ständig zwischen Liebe und Pflicht hin und her schwanken. Eine plumpe kriminalistische Handlung entspricht nicht ihren gehobenen Vorstellungen von den Fähigkeiten und Möglichkeiten eines Regisseurs, sie »gibt zu wenig her«. Erst die Seelenkrämpfe der Beteiligten heben die weit verbreitete Tätigkeit des Mordens auf ein gewisses Niveau.

Das Fazit dieser Bestrebungen ist dann unter anderem jene maskenhafte Starre, die von den Schauspielern ausgeht. Sie glotzen minutenlang in die Kamera und man weiß nicht, handeln sie da im Auftrag ihres Regisseurs oder haben sie eine so schlechte Schauspielausbildung gehabt. Es ist aber anzunehmen, dass sie ausdrücken wollen oder sollen, dass sich das wahre Drama in ihrem Inneren, in ihrer Seele abspielt. Und da man diese ja nicht sehen kann, ist auch jenes in ihr etablierte Drama nicht zu sehen. Und daher filmisch gar nicht darstellbar.

Wenn nach solchen Feststellungen der deutsche Krimi auch pauschal ad acta gelegt werden kann, muss doch abschließend auf eine seiner hervorstechendsten Eigenschaften hingewiesen werden. In allen diesen Machwerken ist der Mörder immer »menschlich« verständlich. Er mordet stets aus edlen Motiven. Aus Liebe eben, aus Leidenschaft, wegen seiner Ehre oder weil er einfach eine Familie zu ernähren und zuviele Schulden hat. Im Grunde seines Wesens ist er ein verzweifelter Mensch, der sich des rechten Weges wohl bewusst wäre – aber die Umstände sind gegen ihn. Das Morden geht ihm leicht von der Hand, weil er sich immer im Recht fühlt. Er hat keine Schuld. Die liegt bei den anderen, bei den Ermordeten.

Und diese Aussage, die im »Unterbewusstsein« derer, die produzieren, und jener, die vor dem Fernsehapparat sitzen, gleichermaßen zutiefst verankert ist – diese Aussage zeigt, dass der deutsche Krimi, trotz allem, die »Zeichen der Zeit« erkennt.

Der Tod im Film

Meist wird er von den Drehbuchautoren und Regisseuren all seiner Schrecken beraubt. Zufälle aller Art werden von vornherein unterbunden. Natürlich stirbt der sympathische Held auf sympathische Art, während der Bösewicht nach Gebühr endet. Ersterer stirbt in durchaus angemessenen Bewegungen, sein Mienenspiel verrät bis zuletzt Gefasstheit und Würde, er übereilt nichts, lässt sich Zeit mit dem Sterben und findet immer noch Muße für ein schicksalhaftes Wort. Letzterer aber hat nichts zu lachen, wenn es ans Sterben geht – er fällt von Hochhäusern direkt auf die Spitzen raffiniert angeordneter Fleischerhaken, stolpert nichts ahnend in akkordarbeitende Hochöfen, wird unversehens zwischen zwei gepanzerten Fahrzeugen zerquetscht, oder versinkt einfach, weil Nichtschwimmer, mit lächerlichem Gestrampel unter einer meterhohen Wasserfläche.

Im Film – und das ist das Schöne – stirbt jeder seinen individuellen Tod. Wenn mir in dieser Hinsicht die Wahl bliebe, ich möchte, ehrlich gesagt, in Farbe sterben. Auf einer endlosen westamerikanischen Ebene soll es vor sich gehen. Die Gräser fächeln im milden Luftgebläse (Großaufnahme!), ich liege da und schaue ruhig und gefasst in die reichlich vorhandene Ferne. Am Ende derselben stehen ein paar markante Berge herum, und über all dem geht gerade die Sonne unter. Auf diese lege ich großen Wert, denn von ihrem letzten, alles vergoldenden Schein verspreche ich mir für mein Antlitz einen besonders suggestiv-verblödeten Ausdruck. Und rund um mich steht eine reichhaltige Statisterie. Die Herren haben Hüte in der Hand, die Damen sind, dem Anlass gemäß, mittelmäßig dekolletiert und haben geschlossen Tränen in den Augen, ohne dass die Schminke zerrinnt. Ein gütiger Regisseur lässt mich noch einen bedeutenden Satz sprechen...

Dann flimmere ich aus dem Bild. Im akustischen Hintergrund spielen sie gedämpfte Schlagermusik. Die Besetzungsliste rutscht von unten nach oben. Das Ende ist da.

Nachwort

Der vorzügliche Gegenstand aller biografischen Bemühungen war und ist das Außergewöhnliche, obwohl es, historisch gesehen, Verwandlungen unterliegt. Deshalb widmen Biografen ihre Aufmerksamkeit fast immer jenen Personen, die durch ihre außergewöhnlichen Erlebnisse und Taten dazu prädestiniert sind, in Wort und Schrift verewigt zu werden.

Richard Kovacevic war der Ansicht, dass jede Person allein durch ihr Da-Sein, durch ihre mitbekommenen oder erworbenen Eigenschaften und die Verhältnisse, mit denen sie sich im Verlaufe dieses Da-Seins auseinandersetzen muss, die Materialien für eine Biografie reichlich in sich trägt und dass diese latent vorhandene Größe des Unbedeutenden genauso die ihr gebührende Anerkennung finden wird. In seinen Kurzgeschichten über unbedeutende Personen, die zwischen 1950 und 2000 geschrieben worden sind und daher aus verschiedenen »Geschichtsperioden« stammen, versuchte er, diesen Leuten quasi ein Denkmal zu setzen.

Trotz seines Beobachterstatus, dem er sich zeit seines Lebens mit großem Vergnügen hingab, gelang es Kovacevic nicht, sich aus den Geschehnissen freizuspielen bzw. herauszuhalten. Sehr oft nimmt er selbst Stellung oder bringt sich autobiografisch in Front, denn seine außergewöhnlichen Unbedeutenden sind keine erfundenen Gestalten, sondern sind dem Autor tatsächlich begegnet.

Als Erzieher in einem Heim für schwererziehbare, sozial geschädigte Kinder, dann als Sportlehrer, Journalist und letztlich fast dreißig Jahre lang als städtischer Bibliothekar tätig, wo er ständig mit Menschen aus allen gesellschaftlichen Schichten zusammenkam, darunter oft jene Außergewöhnlichen, die ihn dazu animierten, deren Lebensablauf oder Teile ihrer Lebensgeschichte mit wenigen Worten festzuschreiben.

Selbst seine »freien Zeiten« verbrachte er meist in Parks, auf Trabrennbahnen und anderen Unterhaltungsstätten, wie den Wiener Prater, Heurigen oder auch an Orten, wo gerne Alt-Wiener Volksmusik gespielt wurde, also in Bereichen, wo es ebenfalls Möglichkeiten gab, seine Protagonisten kennen zu lernen.

Noch in seinen letzten Lebensjahren (er starb 2005) las Kovacevic Briefe von Ernest Hemingway, der ihn schon zu Beginn seiner Schreibversuche ein Ansporn war, vor allem dessen Short Storys. Wie so viele junge Autoren in den Fünfzigerjahren begann auch er in der vom Theater der Jugend herausgegebenen Monatszeitschrift »Neue Wege« zu publizieren und schrieb dann unter anderen für Tageszeitungen wie »Presse«, »Furche«, »Arbeiter-Zeitung«, und Zeitschriften wie »Wiener Monatshefte«, »Wiener Kunsthefte« und den Münchener »Simplizissimus« Kurzgeschichten, Aufsätze, Reportagen und Rezensionen. Um nicht aus Konkurrenzgründen ausgebootet zu werden, veröffentlichte er auch unter den Pseudonymen Richard Schmiedel und Robert Unfried.

Im Autorenstudio der Wiener Urania, wo ich ihn 1956

kennenlernte, trat mit dem Wiener jüdischen Schriftsteller Hermann Hakel (1911–1987) eine Persönlichkeit in sein Leben, der er sich bis zu dessen Tode nicht mehr entziehen konnte und auch nicht wollte. Unter seinem Einfluss begannen unsere gemeinsamen Arbeiten, die sich aber mehr auf dem dramatischen Gebiet vollzogen. Mit Hörspielen, Funkerzählungen, Literatursendungen und Beiträgen für den legendären »Watschenmann« belieferten wir den Rundfunk in den Siebziger- und Achtzigerjahren, deren Aufnahmen größtenteils nicht mehr existieren.

Dem vorangegangen waren Kabarettnummern, Einakter und Theaterstücke; zwei davon erfolgreich in Wettbewerben des Steirischen Herbstes 1969 und der Ödön-von-Horvath-Stiftung 1971. Zuletzt arbeiteten wir für Hermann Hakels Literaturzeitschrift »Lynkeus« (1979–1986) und an Buchpublikationen aus dessen Nachlass, wobei Kovacevic bei dem Band »Zu Fuß durchs Rote Meer« / Impressionen und Träume (1995) als alleiniger Herausgeber fungierte.

Richard Kovacevic, der 1930 in Baden bei Wien geboren und dort auch aufgewachsen war, entwickelte bald nach der Mittelschule sein literarisches Interesse. So gehörten Montaigne, Lichtenberg und Kafka zu seinen Lieblingsautoren, was sich später in den Aufsätzen und kleinen Essays niederschlug; vier davon, die er für die »Wiener Bücherbriefe« schrieb, sind in diesem Band aufgenommen worden. Ebenso ein paar Expeditionen in seine etwas skurrile Gedankenwelt, die oft an traumatische Begebenheiten erinnern.

Alles hier Veröffentlichte findet sich über viele Jahrzehnte verstreut in einer Fülle von Zeitungen, Zeitschriften und Sammelwerken. Nie hatte er ein geschlossenes Buch herausgebracht, denn mit seiner Zurückhaltung und der Bescheidenheit seines Charakters schaffte er es bloß, von vielen kaum wahrgenommen zu werden. Wenn es so etwas wie eine Stufenleiter für den Bekanntheitsgrad geben würde, so wäre Richard Kovacevic nicht einmal auf der untersten Sprosse zu finden. Unter den Stillen der schreibenden Zunft war er einer der Stillsten.

Was er nie wollte: das Von-sich-reden-machen. Auch das ist eine Kunst, die nur wenige können. Seine Arbeiten betitelte er gerne mit der etwas ungewöhnlichen Bezeichnung: Beiläufiges. Also Ungefähres, nichts Genaues, aber doch Wesentliches für jene, die seine Sachen zu lesen verstehen.

Wien, Okt. 2009 *Emmerich Kolovic*

VOLKSBILDUNGSHAUS WIENER U R A N I A
Wien I., Uraniastraße 1 • Tel. 72-61-91 /Serie

Samstag, 26. Oktober 1957 • 19.3o Uhr • Klubsaal

JUNGE AUTOREN LESEN AUS IHREN WERKEN

Elfriede G e r s t l , Richard K o v a c e v i c ,
Walter B u c h e b n e r .

Karten zu S 3.5o eine Woche i.Vorverkauf a.d.Uraniakassa tägl. 14 - 2o Uhr

*

Verlag und Herausgeber danken

Ilse, Raimund und Katharina Kovacevic,
Ingrid Mantscheff, Alice Mladenka
sowie der Hermann Hakel Gesellschaft

für ihre Mitarbeit und Unterstützung!

Biografien

Autor
Richard Kovacevic
Daten und Hinweise im Nachwort (Seite 177–180)!

Herausgeber
Emmerich Kolovic
geb. 1933 in Wien
Realschule
1951–1993 Justizdienst
1956–2005 gemeinsam mit Richard Kovacevic:
Theater- und Kabarettstücke,
Hörspiele u. a. Radiosendungen
1960–1987 Sekretär des Schriftstellers Hermann Hakel
und dessen Nachlassverwalter
1979–1986 Redakteur der Literaturzeitschrift »Lynkeus«
Seit 1988 Verleger

Illustratorin
Ilse Kovacevic
geb. 1941 in Eferding/OÖ
Kunstschule in Linz (Grafik bei Prof. Dr. Ortner)
1959 Studium an der Akademie der bildende Künste in Wien (Malerei bei Prof. A. P. Gütersloh)
1962–1964 Kostümbildnerin (Theater im Zentrum)
Hernach langjährige Tätigkeit als Grafikerin in verschiedenen Trickfilmstudios und Grafikateliers
Seit 1992 Arbeit in den Ateliers der Künstlerischen Volkshochschule Wien (Bildhauerei bei Mag. K. Sukopp und G. Meixner, Lithographie bei Doz. W. Krzywoblocki, Holzschnitt u. Radierung bei Mag. R. Egerth und Mag. Ch. Pirker)

*

Die folgenden Bücher sind alle im Verlag LYNKEUS erschienen und können noch (verbilligt) bezogen werden unter
Hermann Hakel Gesellschaft
A-1200 Wien, Traisengasse 17/28, Tel. (0043)-(01)-734 22 94
ljuba.goger@aon.at, olgaloy@web.de

Bücherhinweise

Richard Kovacevic als Herausgeber

Hakels Impressionen und Träume beginnen 1931 in der wirtschaftlichen Depression und führen über 1938, Emigrations- und Nachkriegszeit bis in die achtziger Jahre, als sich Gesellschaft und Kultur mit großem Tempo in jenes nahezu weltweite Kitsch- und Konsum-Konglomerat verwandelten, das schon zum Status quo geworden ist.

ISBN 978-3-900924-07-2
250 Seiten, Efalin, Umschlag, EUR 8,–

Band 1

Persiflagen und Pointen
von den Harfenisten bis zu den Kabarettisten

Das historisch gewachsene, leidenschaftliche Verhältnis des Wieners zu »seinen« Theatern, die geradezu intime Beziehung zu »seinen« Schauspielern, Interpreten und Kritikern, aber auch seine Geringschätzung der Dichter und Komponisten spiegelt dieses Sammelsurium von Satiren, Dialogen und Anekdoten.

ISBN 978-3-900924-01-0
112 Seiten, gebunden, illustriert, EUR 3,–

Band 2

Monologe eines Hausherrn
aus der Gründerzeit

Der stets biertrinkende und erzkonservative Thaddäus Hartriegel macht seiner häufigen Unzufriedenheit mit Wiener Zuständen und Ereignissen Luft, verkörpert den ewigen Räsonierer, der im Grunde von allem nicht viel versteht, und erinnert in 53 Fällen daran, dass die Figur des »Herrn Karl« in dieser Stadt Tradition hat.

ISBN 978-3-900924-02-7
112 Seiten, gebunden, illustriert, EUR 3,–

Band 3

»Sex and Crime«-Parodie
aus den Zwanzigerjahren

Die als »Scheusal« von Ottakring verleumdete Amalia Krauthappl besteht im Verlauf von 33 romanhaften Kapiteln viele gefährliche, meist aber erotische Abenteuer und bekommt erst nach einigen ungewollten Reisen durch Österreich, Italien, Afrika und Indien Gelegenheit, vor dem Wiener Landesgericht ihre »Unschuld« zu beweisen.

ISBN 978-3-900924-03-4
112 Seiten, gebunden, illustriert, EUR 3,–

Band 4

Komisches über Amateure und Profis
um die Jahrhundertwende

Als die ersten Sportdisziplinen reüssierten und die heute lächerlichen Rekorde purzelten, wurde das Interesse der Wiener für diese »neumodische Hetz« sehr schnell geweckt, zugleich aber machte man sich über die »narrischen« und »verruckten« Akteure lustig, sodass Witz und Karikatur bald ein neues Thema hatten.

ISBN 978-3-900924-05-8
112 Seiten, gebunden, illustriert, EUR 3,–

Von Hermann Hakel
sind im Verlag LYNKEUS erschienen und lieferbar ...

Der 1987 verstorbene Schriftsteller Hermann Hakel war vor allem in den Nachkriegsjahren ein Begriff für alle, die an der österreichischen Literaturszene teilgenommen haben; dies weniger aufgrund seiner sparsamen Publikationen als vielmehr wegen der Wirkung, die von seinem eminentem Intellekt, seiner unbestrittenen rhetorischen Fähigkeit und menschlichen Originalität ausging. Die Sammlung enthält Beiträge von 24 Zeitgenossen, eine autobiographische Skizze, eine ausführliche biographische und bibliographische Zeittafel, Fotos aus verschiedenen Lebensperioden, eine Zeichnung sowie Originalabbildungen von Briefen und Karten bekannter Schriftstellerkollegen.

ISBN 978-3-900924-00-3
220 Seiten, Paperback, EUR 8,–

Was für Hakel zählte, war vor allem das Leben und seine künstlerische Gestaltung. Diesbezügliche Theorien kamen für ihn erst in zweiter Linie in Betracht. Seine Gedankenwelt, die den meisten gängigen philosophischen, historischen und kulturellen Dogmen widerspricht, ist eine Herausforderung, deren Tragweite sich noch erweisen wird.

ISBN 978-3-900924-06-5
275 Seiten, Efalin, Umschlag, EUR 8,–

»Es fehlt den Autoren jede Einsicht in die Zusammenhänge. So konzentrieren sie alle ihre Fähigkeiten auf die Verfertigung komplizierter Texte, die sich dann manisch wiederholen. [...]
Sie haben Mitleid nur mit sich selbst, und zwar aus Mangel an Identifikation. Und wenn sie welches mit den andern verspüren, dann wollen sie die Welt und die Menschen mittels irgendeiner dogmatischen Ideologie verändern, ohne dazu etwas anderes als ihre Schreiberei beizutragen.
Bevor diese ›Zeit-Interpreten‹ imstande sind, ihre Betroffenheit auszudrücken, wissen sie schon, wer an allem schuld ist und wie sich das auf demokratisch, christlich oder sozialistisch ändern läßt.
Aber kann man von dieser neuen Schriftstellergeneration überhaupt verlangen, sich dieser chaotischen Zeit zu öffnen, ohne Gefahr zu laufen, von ihr zerrissen und vernichtet zu werden?« *H. H.*

ISBN 978-3-900924-08-9
Hrsg., Nachw.: Hans Raimund. 2008.
192 S., gebunden, € 14,–